Ein Leben mit Dreißig

Von K. Peuschel

Herstellung und Verlag:
BoD - Books on Demand, Norderstedt
ISBN 978-3-8482-5917-5

Wir schreiben das Jahr 1962, ich war gerade 22 Jahre alt geworden. Ich wohnte allein im Haus meiner Eltern in Langenhagen, welche vor circa drei Jahren auf der Autobahn tödlich verunglückt sind. Ich hatte nach meinem Schulabschluss das Glück, gefördert von einem Freund meines Vaters, eine Ausbildung als Export- und Importkauffrau abzuschließen. Dazu wollte ich noch Fremdsprachen erlernen, ich hatte dazu gute Veranlagungen. Englisch hatte ich schon in der Schule, ferner wollte ich mir noch Französisch und Russisch aneignen. In dem Großbetrieb meines Gönners hatte ich nach Schulabschluss eine entsprechende Stelle erhalten. Ich lernte dort eine junge Frau kennen, Lisa Berger, sie war 24 Jahre alt, sehr sympathisch und auch allein. Mit der Zeit freundeten wir uns an, sie war sehr nett und unternehmungslustig.

Meine Eltern hatten mir ein kleines Vermögen und das Haus mit einem großen Grundstück in Langenhagen hinterlassen, so hatte ich einen guten Start ins Leben. Den Führerschein hatte ich schon während meiner Schulzeit gemacht, also wollte ich mir jetzt ein kleines Auto kaufen. Ich ließ mich von einem Autohändler beraten, was für mich in Frage käme. Er schlug mir einen VW Käfer vor, den hatte ein älterer Herr ein Jahr lang gefahren. Der Käfer sah sehr gut aus, gepflegt und der Preis war annehmbar, also kaufte ich ihn. Mit dem anderen Geschlecht hatte ich bisher wenig und wenn, dann nur negative Erfahrungen gemacht. Eines Tages im Büro erzählte mir Lisa, dass sie aus ihrer Wohnung ausziehen muss, der Vermieter hatte Eigenbedarf als Grund für die Kündigung angegeben. Der eigentliche

Grund war, er wollte andere Sachen, aber Lisa wollte ihm das nicht geben. Sie war deshalb jetzt auf der Suche nach einer neuen Bleibe, ich überlegte lange, ob ich sie zu mir nehmen soll. Ich hatte ja Platz ohne Ende, aber wie wird sich das mal entwickeln? Sie suchte wirklich, aber es war keine passende Wohnung zu finden, da machte ich ihr den Vorschlag, dass sie zu mir zu ziehen kann, bis sie etwas Passendes finden würde. Sie sah mich ganz entgeistert an als ich ihr den Vorschlag machte. „Das würdest du machen?" Ich sagte: „Wenn du möchtest, dann ja, wir werden uns schon vertragen." Sie fiel mir um den Hals, hatte Tränen in den Augen vor Freude und sagte: „Weißt du, mein Hausherr wird immer aufdringlicher, ich kann mich bald nicht mehr seiner erwehren. Das ist toll von dir, das vergesse ich dir nicht." So zog dann übers Wochenende Lisa bei mir ein. Sie hatte nicht viele Möbel, ein paar Stühle, einen Tisch, einen Schrank, ein Bett, ein paar Kleinmöbel und ihre Kleider. Ein Transportunternehmer brachte alles, er hatte noch einen Gehilfen dabei und sie stellten die Möbel gleich auf. Zu den Transportkosten gab es noch ein gutes Trinkgeld und mit den Worten „Vielen Dank, wenn sie wieder mal Hilfe benötigen, ein Anruf genügt" fuhren sie wieder ab. Jetzt waren Lisa und ich allein, Lisa räumte noch ihre Sachen ein, ich hatte mich wieder etwas luftig gemacht. Ich war es gewohnt, mich zu Hause nur mit einem dünnen Kleid zu bewegen.

Ich stand gerade in der Küche und machte uns einen Kaffee, da kam Lisa herein, sie stutze etwas und fragte mich: „Läufst du immer so rum?" Ich sagte: „Ja, warum, ist doch schön." Sie lachte: „Schön bist du schon, aber ich muss mich erst daran gewöhnen, bis jetzt hätte ich das nirgends machen können, das wäre viel zu gefährlich gewesen." Ich sagte: „Hier kannst du das schon, da tut dir keiner was, bei der Hitze zur Zeit ist das schön luftig." Lisa ging und kam dann nach einer Weile wieder in einem raffinierten Hemd. Es stand ihr hervorragend, es betonte ihre hübsche Figur und brachte ihre Kurven so richtig zur Geltung, sie war sehr schön. Indessen war der Kaffee fertig, wir setzten uns auf die Terrasse und genossen so unseren Kaffee und etwas Kuchen. Dann saßen wir auf einmal da, wussten momentan nicht was wir sagen oder tun sollen. Ich sagte: „Lisa, jetzt wohnst du bei mir und ich weiß überhaupt nichts von dir, erzähl doch mal was von dir." Ich sah ihr an, dass es ihr schwerfiel. Ich sagte: „Wenn du nicht kannst oder willst, dann vielleicht später einmal." Dann fing sie an zu reden. „Ich bin am 23. Oktober 1938 in Golinow in Polen geboren, ich war gerade drei Jahre alt, da bekamen wir die Nachricht, dass mein Vater gefallen ist. Er war damals mit bei den Ersten, welche nach Russland mussten. Es war für uns nicht leicht, die Kriegsjahre zu überstehen, wir hatten in Pommern ein kleines Haus mit einem kleinen Garten, so mussten wir, meine Mutter und ich, uns eben durchschlagen. 1945 kamen die Russen und wir mussten, wie so viele andre flüchten, beziehungsweise, wir wurden vertrieben und durch Zufall kamen wir hier in den Westen. Wir wurden im Raum Hannover, in Langenhagen angesiedelt, meine Mutter konnte in einem Krämerladen erst aushelfen und dann konnte sie dort arbeiten. Ich musste noch zur Schule, konnte dann später aufs Gymnasium gehen, soweit war alles gut. Dann lernte meine Mutter einen

4

Mann kennen, ich mochte ihn von Anfang an nicht, er sah mich gleich am Anfang immer so komisch an, ich bekam richtig Angst vor ihm. Meine Mutter heiratete ihn dann, er war wohl fleißig, ging zur Arbeit und auch zu Hause machte er fast alles. Aber dann fing er an, wenn meine Mutter nicht da war, mich zu bedrängen, er tatschte an mir rum, ich war gerade mal 17, da wollte er mehr von mir, ich konnte mich losreisen und flüchten. Ich übernachtete erst mal in einer Gartenlaube, wartete bis am Morgen, bis er und meine Mutter aus dem Haus waren. Dann ging ich schnell hinein, um meine Sachen, meine Kleider und Wäsche zu holen, es klappte gut und ich konnte ungesehen verschwinden. Bei einer älteren Frau fand ich Unterschlupf, ich konnte in dieser Zeit weiter das Gymnasium besuchen, dann sagte mir die ältere Frau, dass ein Mann da war, er wollte zu mir. Es war mein Stiefvater, er hatte mich die ganze Zeit gesucht, also musste ich da auch wieder weg. Bei Nacht schlich ich mich davon, immer in der Angst, dass er irgendwo steht. In einer Rot Kreuz Gemeinschaft in Hannover konnte ich unterkommen, bis ich mein Abitur machen konnte, dann sah ich ihn eines Tages wieder dort, er wartete regelrecht auf mich. Immer wieder musste ich mich verstecken, dann las ich in der Zeitung von dieser Stelle wo ich jetzt arbeite. Heimlich bin ich auch von der Rot Kreuz Gemeinschaft weggegangen und bin nach Langenhagen gezogen. Ich habe immer noch die Angst, dass er auch hierher kommt."

Ich hatte schon lange ihre Hände genommen um sie zu beruhigen, sie tat mir leid. Ich sagte zu ihr: „Hier bist du sicher, ich denke nicht, dass er hierher kommt. Was macht deine Mutter, weißt du nichts von ihr?" „Ich weiß nicht was sie macht und wie es ihr geht, vielleicht besuche ich sie mal, aber nicht so lange er dort ist." Langsam kam der Abend, wir gingen ins Haus und machten uns etwas zum Essen, wir hörten Radio und kuschelten uns aufs Sofa. Ohne es zu wollen waren wir dicht zusammen gekuschelt, da spürte ich zum ersten mal so richtig die Wärme und die Nähe einer Frau. Ihr Geruch war fein, aber dezent und unwiderstehlich, unsere Hände streichelten sich gegenseitig, unsere Körper fingen an in unseren Köpfen Wünsche wach werden zu lassen. Beide waren wir nur mit einem Hemdchen bekleidet und so kamen wir uns schnell näher. Keine wusste so richtig was und wie anfangen, da spürte ich Lisas Hand auf meinem Bauch, sie strich nach unten hin zu meiner Muschi, ich versuchte bei ihr dasselbe zu tun. Willig streckte sie mir ihren Leib entgegen, mittlerweile waren unsere Körper heiß und verlangend, wir streiften uns die Hemdchen vom Leib und waren nun nackt. Unsere Hände fanden keine Ruhe mehr, es gab so viel zu streicheln und zu entdecken, ich küsste ihre wunderschönen Brüste, ging mit der Zunge über ihren Bauch nach unten zu ihrer warmen und feuchten Muschi. Ich leckte ihre Schamlippen und dann ihren Kitzler, meine Hände streichelten ihre Lenden und Hüften, Lisa hatte die Augen geschlossen und presste sich mir entgegen. Herrliche Gefühle durströmten ihren Körper, sie fing an zu zittern, drückte meinen Kopf zu ihrer Muschi und dann explodierte sie. Kleine Schreie kamen aus ihrem Mund, ihr Körper bäumte sich auf, mit rucken und zucken fiel sie wieder zurück, es war ihr erster und zugleich ein herrlicher Orgasmus. Sie hatte

6

die Augen immer noch zu, ich streichelte sie zärtlich und küsste sie, dann sah sie mich mit einem glücklichen Lächeln an, welches ihr Gesicht noch schöner machte.

Sie sagte: „Ich hätte nie gedacht, dass die Liebe zwischen zwei Frauen so schön sein kann." Nach einer kurzen Pause streichelte sie mich, mein Schoß war schon heiß und feucht, ich konnte es kaum erwarten, geküsst und liebkost zu werden. Ihre Zunge suchte jetzt meine süße Spalte, ihre Hände drückten meine kleinen Brüste, dann war sie am Ziel angekommen. Ihre Zunge durstrich meine Schamlippen um dann den Kitzler zu lecken, es brauchte nicht lange, da brach bei mir ein Gewitter los, mein Körper bäumte sich auf, meine Hände pressten ihren Kopf gegen meine Muschi und dann, mit Wahnsinns schönen Gefühlen erlebte ich einen Orgasmus wie noch nie. Mein ganzer Körper bebte, zitterte und dann streckte er sich glücklich, langsam ebbte die Spannung ab. Ich küsste Lisa, sie ließ es gern geschehen, sie erwiderte meine Küsse, eng aneinander geschmiegt gönnten wir uns eine kleine Pause. So ist das herrlich, besonders für solche Leute wie wir, die vom Leben und der Liebe nicht verwöhnt worden sind. Ich war ganz in Gedanken versunken, da streichelte mich eine zarte Hand, ich sah Lisa an, nahm sie in den Arm und drückte meine kleinen aber festen Brüste an ihren Körper. Sie drückte mich etwas zurück, um dieselben mit ihren Lippen und der Zunge verwöhnen zu können, wunderschön, diese zarten Lippenspiele mit meinen Herzspitzen. Heiße Ströme durchzogen meinen Körper, Lisa streichelte meine Beine, meine Schenkel und mein süßes Dreieck, meine Muschi war schon wieder feucht, heiß und verlangend. Lisa tat ihr bestes, wollüstige Gefühle brachten meinen Körper zum zittern, Lisa hatte wieder ihre Zunge an meine vor Wonne gierige Muschi gebracht, sie leckte meine Spalte und meinen Kitzler. Ich drückte ihr meinen Unterleib entgegen, dann wieder dieses kolossale Gefühl, welches einem den Verstand raubt und man nur den einen Wunsch hat, die Erlösung von dieser Spannung mit einem höchsten Lustgefühl zu erleben und abzuschließen. Unheimlich schön dieser Abschluss. Ich lag am Boden, da kniete sich Lisa so über mich, dass ich leicht an ihre feuchte und heiße Grotte mit der Zunge hinkam, meine Hände streichelten ihre Hüften, die Lenden und den Po. Leicht drückte sie mir ihre Muschi entgegen, dann war es auch bei ihr soweit, mit einem Stöhnen und sich an mich pressen erlebte sie wieder einen wunderschönen Höhepunkt. Ich bekam nicht genug von dem was da aus ihrer Spalte lief, etwas schleimig, aber herrlich schmeckend, ich saugte bis nichts mehr kam.

Erschöpft und glücklich legte sich Lisa neben mich, wir sahen uns in die Augen und lächelten uns an, um uns dann heftig und zärtlich zu küssen. Zwei Frauen, die sich gesucht und gefunden haben. Diese Nacht verbrachten wir bei mir im Bett, dicht aneinander gekuschelt schliefen wir ein, süße Träume begleiteten uns. Am anderen Morgen, Lisa schlief noch, ging ich in die Küche um uns das Frühstück zu machen. Der Kaffeeduft hatte Lisa geweckt, etwas verschlafen kam sie in die Küche, es war ein netter Anblick, sie benötigte noch etwas Zeit bis sie voll wach war. Wir küssten uns und nahmen dann ein kräftiges Frühstück zu uns und dann konnte der Tag kommen. Heute war Sonntag, das Wetter war gut, da wollte ich etwas unternehmen, eventuell mit dem Auto irgendwohin fahren und Wandern, die Gegend ansehen und in einem guten Dorfgasthof Mittag machen. Lisa sagte: „Es wäre schön, wenn du mich mitnimmst. Seit ich hier in Langenhagen bin, bin noch nirgends hingekommen." Also fuhren wir mal wahllos in die Gegend, ein Schild wies uns den Weg zum Steinhuder Meer, in Poggenhagen ließen wir das Auto stehen, um zu Fuß den See und die umliegende Uferzone zu erwandern. Es war wirklich herrlich hier, gegen Mittag fanden wir in der Nähe vom See ein nettes Gasthaus mit einer Terrasse und einem schönen Blick über den See. Hier ließen wir uns von der Wirtin verwöhnen, ein prima Mittagessen und ein Glas Wein, hier konnte man es aushalten. Beim Abschied sagte uns die Wirtin, dass wir in vier Wochen wieder kommen sollen, da ist hier das Steinhuder Meerfest, da sei immer recht viel los, wir versprachen ihr zu kommen. Es war ziemlich spät als wir nach Hause kamen. Bald lagen wir wieder dicht zusammen im Bett, mit Küssen, streicheln und anderen Liebkosungen waren wir schon wieder im Land der unerfüllten Sehnsüchte angelangt. Unsere Hände und Münder hatten bald gefunden, was uns so viel Freude macht, wir legten uns diesmal so, dass jede bei der anderen die Muschi lecken konnte, toll, eine machte die andere so richtig scharf. Unsere Zungen leisteten wieder ganze Arbeit, fast gemeinsam erreichten wir den Höhepunkt, mit lecken, anpressen und saugen brachten wir uns in die Höhe aller Gefühle, leicht stöhnend erlebten wir die ersehnte Erlösung. Leicht ermattet blieben wir so eine Weile aufeinander liegen. Wir standen auf, wuschen uns um dann zu schlafen, denn am anderen Morgen mussten wir wieder zur Arbeit. Unser Zusammenleben gestaltete sich im Laufe der Zeit als sehr harmonisch, wir machten sehr viel gemeinsam, Langeweile kam bei uns nicht auf.

Einmal brachte Lisa einen Prospekt von einem Club mit, welcher viel versprach, wir sahen uns denselben an und beschlossen, da gehen wir mal hin. An einem Samstagabend wollten wir mal etwas anderes erleben, also gingen wir zu dem besagten Club, wir hatten beide die gleichen Miniröcke an, wir sahen toll aus, wie Schwestern. Wir wurden am Eingang freundlich begrüßt, in der Vorhalle wurde uns erklärt, wie es hier zu geht. Jede Frau, welche hier an der Kasse ihren Slip und BH auszieht und die beiden Sachen an der Garderobe abgibt, hat an diesem Abend alles frei. Lisa und ich sahen uns an, nickten und zogen unseren Slip aus, ich hatte einen BH an, den man vorn öffnet und ohne Träger, so konnte ich ihn leicht ausziehen. Lisa gab auch ihren Slip ab, musste aber ihre Bluse ausziehen um den BH auszuziehen und abzugeben. Ein Oh und Ah war von den umstehenden Herren zu hören, Lisa hatte schon etwas zu bieten. Wir gingen in den Saal, eine tolle Band spielte auf, wir gingen erst mal etwas rum um zu sehen, was hier so geboten wird. Lisa traf gleich einen Bekannten welcher sie zum Tanz aufforderte. Ich blieb an einem Tisch hängen, ich kannte da ein paar Mädchen die sich mit Jungs unterhielten. Ich kam zwischen zwei Jungs zum stehen, es gab da so einiges zu erzählen, da spürte ich, wie eine Hand mich zärtlich am Schenkel kraulte, langsam ging sie nach oben an meine hinteren

Rundungen, ich sah den Jungen an, er sah gut aus und lächelte mich an. Was soll ich da sagen, es tat gut und irgendwie wollte ich wissen, wie es weitergeht. Da kam von der anderen Seite von vorn eine Hand und streichelte ebenfalls meinen Schenkel, langsam kam mein Blut in Wallung, ich sah den anderen an, er ließ sich nicht beirren, seine Hand fuhr bis zu meinem Bauchansatz. Ich musste die Augen schließen, ein leichtes Zittern ging durch meinen Körper, von zwei Jungs zugleich gestreichelt zu werden, da kann man schon schwach werden. Einer lud mich zum Tanz ein, wir drehten ein paar Runden, dann führte er mich in Richtung zu den Toiletten, wir gingen aber nicht hinein, sonder weiter dem Gang nach, der Junge kannte sich hier aus. Wir landeten in einem Raum wo verschiedene Möbel und Liegen standen, hier sind wir ungestört meinte er und lächelte mich an. Er nahm mich in den Arm und öffnete meine Bluse, sie glitt zu Boden, ebenso öffnete er meinen Rock und ließ ihn nach unten fallen. Gleichzeitig hatte ich ihn ausgezogen, auch er stand jetzt nackt vor mir, sein Glied war schon steif und stand ganz schön nach vorn, ich nahm seinen Penis zart in die Hand und spürte wie er zuckte. Er legte mich auf eine Liege, ich gab ihm ein Kondom das er überzog und ich konnte es kaum erwarten, ihn endlich in mir zu spüren. Langsam und zärtlich drang er in mich ein, ich hatte die Augen geschlossen, schön gleichmäßig fuhr er in mir hin und her, meine Spannung war kaum noch auszuhalten. Da merkte ich wie er stärker zustieß, mir kam es, wie ein Rausch erlebte ich den Orgasmus und dann war es auch bei ihm soweit. Noch ein paar kraftvolle Stöße und mit einem Stöhnen entlud sich sein Penis, ich spürte jede

11

Zuckung bei ihm, wir blieben noch etwas beieinander liegen, dann lösten wir uns. Ich muss sagen, mit ihm war es richtig schön, lange hatte ich nichts mehr mit einem Jungen gehabt, die wo ich bisher gespürt habe, waren noch zu jung und unerfahren. Wir gingen in die Toilette um uns zu säubern, dann waren wir bald wieder im Saal.

Ich ging wieder an den Tisch, es waren nur noch drei Personen da und der andere Junge. Ich setzte mich neben ihn, er machte einen guten Eindruck auf mich, sah gut aus und lächelte mich wie vorhin an. Ich bestellte mir einen Drink um mit ihm anzustoßen, da spürte ich seine Hand unter meinem Rock, zärtlich streichelte er meinen Schenkel, ich muss sagen, es war für mich sehr angenehm. Ich lächelte ihn an, er wurde dadurch noch etwas frecher, was mir sehr gefiel, ich schloss die Augen und gab mich ganz dem Gefühl hin. Sehr zärtlich spielten seine Finger an meiner Muschi, mich durchzog dabei ein wohliges und angenehmes Kribbeln. Auch ich wurde aktiver, das Spiel war einfach zu schön, meine Hand strich über seinen Bauch und suchte nach seinem Wonnespieß, ich spürte ihn wachsen, da sagte er, komm lass uns Tanzen gehen. Wir tanzten eine Runde um dann dorthin zu gehen, wo ich mit dem anderen schon war. Im Raum angekommen machte er mir mit viel Zartgefühl meine Bluse auf, streifte sie mir ab und küsste voller Leidenschaft meine süßen kleinen Brüste, mir gefiel das sehr, besonders seine zärtlichen Berührungen, dann fiel mein Rock nach unten. Auch er war schon nackt, so schmolzen wir miteinander dahin, vorsichtig drückte er mir seinen mit einem Kondom geschützten Penis in meine fast schon schäumende Liebesgrotte, seine Zärtlichkeit bei diesem Spiel raubte mir vollends den Rest meiner Überlegung, mit ihm war es einfach zu schön. Seine Hände waren überall, das erhöhte noch das Verlangen, dann war es bei mir soweit, mein Körper bäumte sich auf, ich presste mich ihm entgegen und dann dieses herrliche Gefühl, wenn sich mit einem Orgasmus diese heiß ersehnte Spannung entlädt. Auch bei ihm war es soweit, mit kräftigen Stößen und einem lustgeballten Stöhnen entlud sich sein Wonnepfahl, eng umschlungen verharrten wir noch einige Minuten, er küsste mich zart bevor wir uns trennten. Wir gingen uns waschen und dann wieder in den Saal zurück. Wieder am Tisch musste ich an Lisa denken, ich hatte sie den ganzen Abend nicht mehr gesehen, ich fragte mich, wo ist sie wohl, was macht sie, hat sie einen guten Partner gefunden, ich denke sie wird mir das morgen erzählen. Erich, so hieß der Junge, und ich saßen eng beisammen, er streichelte und küsste mich, ich lehnte mich eng an ihn um ihm zu zeigen, dass mir das sehr gefiel. Er war aber auch gut und einfühlsam, wie es eine Frau gern mag. Er nahm meine Hand und führte sie zu seinem Wonnespender, während seine andere Hand wieder unter meinem Rock aktiv war. Bei mir stieg die Spannung wieder an und so wie ich es fühlte, bei ihm auch. Er sah mich an, er dachte ebenso wie ich, also gingen wir wieder eng aneinander gelehnt zu unserem Spielplatz. Wir hatten Glück, es war kein Mensch da, so konnten wir uns wieder ungestört unserem Spiel hingeben, diesmal war es noch schöner als vorher. Seine Zärtlichkeit brachte mich schnell wieder zu dem ersehnten Höhepunkt, bei ihm war es auch so weit und gemeinsam schlugen die Gefühlswallungen

13

über uns zusammen, einmalig schön. Wir säuberten uns und gingen wieder in den Saal zu den anderen. Wir hatten uns gerade hingesetzt, da kam Lisa, sie strahlte über das ganze Gesicht und fragte: „Wann hast du im Sinn zu gehen? Ich würde gern noch hier bleiben, ich komme dann schon nach Hause." Ich sah auf die Uhr und Erich sagte zu mir: „Du kannst doch auch noch etwas bleiben, ich fahr dich dann nach Hause." Also blieb ich auch, Lisa war schnell wieder verschwunden. Erich streichelte mich schon wieder, aber nur so, er hatte seinen Arm um mich gelegt und küsste mich, dieses Spiel mit ihm gefiel mir sehr, er war so richtig lieb. So langsam ging dann der Abend dem Ende entgegen, Erich sagte: „Ich glaube wir gehen jetzt besser, nachher stehen sonst alle an der Garderobe." Wir holten unsere Kleider und dann fuhr mich Erich nach Hause. Beim Abschied fragte er mich: „Wann sehen wir uns wieder?" Ich sagte: „Gib mir deine Telefonnummer, ich rufe dich an. Es war heute sehr schön mit dir." Noch einen Kuss und dann verschwand ich im Haus.

Lisa war noch nicht da, ich lag im Bett und dachte nochmal über den Abend nach, er war ganz einfach schön, ich dachte viel an Erich, war er der Richtige? Hatte ich mich in ihn verliebt? Eigentlich wollte ich mich noch nicht binden, aber warten wir es ab. Ich war eingeschlafen, irgendwann musste Lisa nach Hause gekommen sein, ich habe sie nicht gehört. Am anderen Morgen beim Kaffee sagte Lisa: „Das war ein schöner Abend gestern, da gehen wir bald wieder hin, oder wie war es bei dir?" Ich musste gestehen, dass es ganz schön war, natürlich gehe ich wieder mit. Nach dem

Abendessen setzten wir uns in unsere Kuschelecke, wir hatten wieder nur ein leichtes Hemdchen an, bald lagen wir uns wieder in den Armen, Lisa streichelte mich, sie kannte meine empfindlichen Stellen. Meine Hände waren auch aktiv, unsere Gefühle waren wieder verlangend, bald lagen unsere Hemdchen am Boden und wir gaben uns ganz unserem Verlangen hin. Lisa war mit ihrer Zunge schon wieder an meiner Muschi, herrliche Gefühle durchzogen mich, willig streckte ich ihr meinen Unterleib entgegen, ihre Hände strichen über meine empfindlichen erogenen Punkte. Dann wieder diese wunderbare Entspannung, welche jede Überlegung ausschaltet, unbeschreiblich wenn man wieder einen Orgasmus erlebt. Ich hatte ihren Kopf gegen meine Grotte gedrückt, um ja jede Gefühlsnuance auskosten zu können. Eine kurze Pause, dann legte sich Lisa so hin, dass ihre Beine nach unten hingen und ich ihre Spalte vor mir hatte, mit meiner Zunge leckte ich ihren Kitzler und ihre Schamlippen, während meine Hände ihre Brüste und Lenden streichelten. Bald wurde ihr Atem heftiger, ihr Körper bäumte sich auf, ich leckte weiter und da brach bei ihr ein Orkan los, unter stöhnen und zucken kam es ihr, gierig leckte ich ihre Muschi sauber, ihr Schleim machte mich immer ganz verrückt. Verzückt lag sie da vor mir, schön so ein Frauenkörper. Wir legten uns auf dem Boden seitenverkehrt aufeinander, so dass wir beide zugleich lecken und saugen können, ich lag unten, so dass mir ihr Saft in den Mund lief, wir versanken wieder in den Rausch des wunderbaren Orgasmus Erlebnisses. Zufrieden und leicht ermattet gingen wir ins Bett, Lisa blieb bei mir, ganz eng zusammen schliefen wir ein. Die Woche

15

verging, es wurde wieder Wochenende, da fragte mich
Lisa: „Gehst du wieder mit?" Klar gehe ich wieder mit.
Ich rief Erich an um ihn zu fragen ob er auch kommt, er
sagte gleich zu. Dasselbe Spiel wie das letztemal, wer
seinen Slip und seinen BH abgibt bekommt eine
Verzehrkarte. Lisa hatte sich diesmal auch einen BH
ohne Träger angezogen, so war das abnehmen leicht.
Wir wieder mit unseren gleichen Miniröcken, jeder
meinte wir sind Schwestern. Erich war schon da, er
wartete schon auf mich, er küsste mich zur Begrüßung,
jetzt konnte der Abend beginnen. Lisa war schon wieder
mit zwei Freunden unterwegs. Erich zog mich auf seinen
Schoß, so konnte er mich besser streicheln, bald waren
seine Hände wieder bei mir aktiv, ich empfand dies als
sehr angenehm. Seine zärtlichen Berührungen brachten
mich schnell wieder aus dem Konzept. Meine Sinne
waren zum Bersten gespannt, Erich merkte das und
sagte, komm lass uns gehen, ich wusste schon wohin,
konnte ich es doch kaum erwarten, seinen Speer in mir
zu spüren. Ich hatte die Woche über schon oft an ihn
gedacht und nun war er wieder bei mir. Ich war richtig
glücklich in seiner Nähe, bald hatten wir wieder einen
ruhigen Platz gefunden und dann lagen wir uns wieder in
den Armen, unsere Kleider lagen auf dem Boden und
dann zog er mich so über sich, dass ich auf ihm zu
sitzen kam. Mit gleichmäßigen rhythmischen
Bewegungen brachten wir uns wieder in die
Gefühlsekstase, wir waren nicht mehr zu bremsen, unter
Küssen und leichtem wohllustigen Stöhnen entluden sich
bei uns beiden gemeinsam unsere Gefühle. Es war
wieder toll, mit ihm das zu erleben, wir passten
diesbezüglich ganz gut zusammen.

Wir kannten uns jetzt etwa sechs Wochen, bei einem Treffen sagte er: „Ich habe meiner Mutter von dir erzählt, sie möchte dich unbedingt kennenlernen, sie lädt dich am Sonntag zum Essen ein." Ich sah ihn an und sagte: „Ich kenne deine Mutter doch gar nicht, wieso lädt sie mich ein, hast du denn keine eigene Wohnung?" Er sagte: „Ich wohne seit circa zwei Jahren wieder bei ihr, warum, das sage ich dir später mal." So richtig wohl ist mir nicht dabei, aber er bat mich inniglich. Ich sagte: „Na gut ich komme, aber erhoffe dir damit nicht zu viel, du bist ein netter junger Mann, ich mag dich schon, jedoch ob es mehr wird, das muss die Zukunft weisen und ich weis nicht was deine Mutter denkt und sich eventuell erhofft." Am Sonntag fuhr ich nach langem überlegen an die angegebene Adresse, es war ein größeres etwas älteres Haus. Seine Mutter begrüßte mich freundlich und bat mich einzutreten, sie war in meinen Augen eine sympathische Frau. Im Haus war alles sehr gepflegt und sauber, das gefiel mir mal schon ganz gut. Ich hatte für Erichs Mutter, Frau Sauer, einen kleinen Blumenstrauß zur Begrüßung mitgebracht, sie nahm die Blumen dankbar entgegen und bat mich dann, Platz zu nehmen. Da kam ein kleines Mädchen, etwa zwei oder drei Jahre alt ins Zimmer, sie sah mich an und dann kam langsam zu mir. Sie fragte: „Wer bist du?" Ich musste fast lachen über diese kindliche Frage, ich sagte: „Ich bin Karen und wie heißt du?" „Ich bin Irene" sagte sie. Erichs Mutter sah erstaunt auf das Kind und mich, sie schüttelte den Kopf und sagte: „Sie sind die erste Fremde, zu der sie geht, sonst läuft sie immer weg." Ich fragte: „Zu wem gehört das Kind?" Ich hatte es im Arm, sie ließ sich streicheln und war ganz brav. „Das Kind gehört meinem

17

Sohn Erich." Ich sah sie überrascht an, sie fragte: „Hat er ihnen das nicht gesagt?" Ich verneinte und fragte: „Wer und wo ist die Mutter?" Die Frau hatte Tränen in den Augen und sagte: „Sie ist schon zwei Jahre tot, sie ist ein halbes Jahr nach der Geburt im Januar 1960 an einer Infektion gestorben." Ich war etwas schockiert, warum hatte Erich mir das nicht gesagt? Frau Sauer sagte noch: „Erich hat auf meinen Wunsch hin seine Wohnung verkauft und ist dann wieder zu mir hergezogen, des Kindes wegen. Erich hat ihnen wahrscheinlich deshalb nichts davon gesagt, weil er Angst hat, dass sie, wie schon einige andere, ihn deswegen auch verlassen." Ich hatte Irene im Arm, sie hatte sich ganz eng an mich angeschmiegt, sah mich mit ihren großen blauen Augen an, was soll ich da jetzt machen? Dann kam Erich, er sah mich mit dem Kind, er schaute seine Mutter an, diese stand da und zuckte mit den Schultern, momentan für mich eine schwierige Situation. Ich hatte mir vorgenommen, mich nicht so bald zu binden und jetzt hatte ich auf einmal ein Kind im Arm. In mir wogten die Gefühle, wie soll ich mich jetzt verhalten? Ich benötigte erst mal eine Denkpause, das Kind in meinen Armen tat mir leid, aber soll ich deshalb mein ganzes Leben umkrempeln? Frau Sauer spürte was ich dachte und sagte: „Bitte sind sie mir nicht böse, aber sie sehen doch, dass das Kind sie mag. Kommen sie, wir wollen erst mal etwas essen." Wie kann die Frau jetzt bloß ans Essen denken, in mir fuhren meine Gedanken Karussell. Wie stell ich mir jetzt meine Zukunft vor, Kindsmutter oder Karrierefrau? Erich sagte: „Entschuldige bitte, aber ich habe schon so viele Enttäuschungen erlebt, ich hatte einfach nicht den Mut, es dir zu sagen. Du bist so eine patente Frau, ich mag dich sehr, ich will dich nicht verlieren." Ich sagte: „Es wäre besser gewesen, du hättest es mir gesagt, als mich ins kalte Wasser zu schmeißen. Ich bin jetzt 22 Jahre alt, was wird mit meinem Beruf, meiner Zukunft, mein ganzes Leben, wenn ich dich mit Kind akzeptiere?" Erich und seine Mutter standen ratlos da, sie wussten nicht was sie sagen sollen. Das Kind in meinen Armen sah mich an, als wollte es sagen, denkt doch bitte an mich. Ich streichelte es, ich musste das ganze erst verdauen. Irgendwie hatte ich mich ja schon entschlossen, das Kind zu akzeptieren, aber es war schon schwer für mich, also stand ich auf und folgte der Einladung zum Essen. Am Tisch, das Kind war einfach bei mir, wie konnte ich da wiederstehen. Das Essen war wirklich hervorragend, aber die Gedanken ließen mich das alles nicht so richtig wahrnehmen. Zum Glück sagte momentan niemand etwas, so dass ich wieder Ordnung in meinem Kopf schaffen konnte. Auf eine Art war mir fast zum Heulen zu Mute, auf die andere Art fühlte ich mich glücklich, so ein liebes Kind im Arm zu haben, ein schrecklicher Zwiespalt. Nach dem Essen verabschiedete ich mich, ich brauchte jetzt etwas Zeit für mich. Als ich mich von dem Kind verabschiedete fragte es: „Kommst du mal wieder?" Ich sah es an, strich ihr zärtlich über den Kopf und sagte: „Ja, ich komme wieder." Erich fragte: „Sehen wir uns wieder?" Ich sah ihn lange an und sagte: „Ich glaube schon dass wir uns wiedersehen, aber jetzt muss ich erst mal allein sein und das alles verarbeiten, es war für mich heute einfach zu viel." Dann fuhr ich heim.

Lisa empfing mich mit den Worten: „Wie siehst denn du aus, du bist ganz blass, ist dir etwas passiert?" Ich erzählte ihr alles, sie hörte interessiert zu und meinte dann: „Wie wirst du dich entscheiden?" Ich wusste momentan gar nichts mehr, ich schenkte mir ein Glas Wein ein um besser überlegen zu können. Ich fragte Lisa: „Was würdest du tun?" Lisa hatte sich zu mir gesetzt, hatte ihren Arm um mich gelegt und zuckte mit den Schultern, sie sagte: „Ich weiß nicht, was ich dir da raten kann, das musst du allein entscheiden." Ich kuschelte mich an Lisa an, sie küsste mich und sagte: „Schlaf mal drüber, dann sieht es vielleicht wieder anders aus." Wir sahen uns an, jede dachte dasselbe, bald lagen wir wieder beieinander, Lisa machte mir meine Bluse auf und streifte sie mir ab, so dass meine Herzspitzen blank vor ihr standen. Sie küsste sie zart, öffnete mir den Rock, dann lagen unsere Kleider auf dem Boden und wir uns in den Armen, wir ließen unseren Gefühlen freien Lauf. Es war genau das, was ich jetzt brauchte. Auch Lisa war nicht mehr zu bremsen, unsere Zungen suchten jeweils bei der anderen die besonderen Punkte an unserer Liebesgrotte, es war wieder wunderschön, Lisa war einfach spitze. Dann spürten wir beide wie unsere Körper sich verkrampften, aufbäumten und dann das unheimlich schöne Gefühl, wenn man einen so herrlichen Orgasmus erlebt. Gemeinsam kamen wir und wir leckten uns, bis der letzte Tropfen ausgesaugt und die letzte Zuckung verebbt war. Selig legten wir uns auf den Boden, eng umschlungen, um ja den Kontakt zueinander nicht zu verlieren. Es ist schön so einen heißen Frauenkörper zu spüren, zu riechen und zu liebkosen. Wir lächelten uns an, um uns dann mit Küssen zu überschütten. Nach einer Weile standen wir auf um uns zu säubern. Wieder frisch machten wir uns etwas zu Essen, wir waren beide hungrig. Wir hatten wieder unsere dünnen Hauskleider an, so kamen unsere Kurven so richtig zur Geltung. Den Abend verbrachten wir eng zusammen sitzend auf dem Sofa und sahen uns einen Film an. Danach ging es ab ins Bett, denn Morgen früh mussten wir wieder arbeiten. Am anderen Morgen mussten wir bald aus dem Haus, um zu unserem Geschäft zu kommen. Ich musste diesmal in eine größere Firma um dort Übersetzungen vorzunehmen.

So zog sich die ganze Woche hin, es wurde wieder Samstag und ich fragte Lisa: „Was machen wir heute Abend?" Sie lachte und sagte: „Wir gehen wieder in den Club." Gesagt getan, wir zogen uns wieder unsere Minis an, Mantel drüber und los geht's. Wir gaben unsere Mäntel an der Garderobe ab, zogen an der Kasse Slip und BH aus und gaben die Sachen ab, dann bekamen wir unsere Verzehrbons und dann ging es rein ins Gewühl. Lisa war gleich wieder verschwunden. Ich setzte mich an unseren Tisch, Erich war nicht da, ist er beleidigt oder verhindert? Ein junger Mann setzte sich neben mich, schnell kamen wir ins Gespräch, wir prosteten uns zu und waren bester Stimmung. Da merkte ich, wie seine Hand mein Knie streichelte, ich sah ihn an, er gefiel mir, er merkte das und seine Hand rutschte weiter nach oben. Langsam kam mein Blut in Wallung und als ich mich nicht wehrte, wurde er etwas frecher, er lud mich zum Tanz ein, bald schwebten wir über die Fläche, dann zog er mich hinaus, ich kannte ja den Weg und den Sinn schon. Im Abstellraum zog er mich an sich, küsste mich und öffnete meine Bluse, sie fiel zu Boden, ich öffnete meinen Rock, er hatte sich inzwischen auch ausgezogen. Ich gab ihm ein Kondom, ohne läuft nichts und dann legte er mich auf die Pritsche, er legte sich auf mich, ich war so geil, ich war kaum noch zu halten, sein Speer glitt in meine Muschi, seine Bewegungen brachten mich in kürze so richtig auf Touren. Fest presste ich ihm meinen Leib entgegen, dann kam es uns beiden zugleich, jede Zuckung auskostend blieben wir zusammen, bis sich unsere Sinne wieder beruhigt hatten. Wir reinigten uns, zogen uns an und gingen wieder in den Saal, wir tanzten noch ein paar Runden, dann verließ er mich. Ich schlenderte noch etwas durch das Gemenge, traf noch einen alten Bekannten, er lud mich an die Bar ein, dort tranken wir etwas, es gab viel zu lachen, er konnte gut Witze erzählen. Da spürte ich seine Hand auf meinem Schenkel, ich sah ihn an, er mich, wir lächelten und waren uns einig. Ich wusste, er war circa 45 Jahre alt und verheiratet, hier war mir das egal, ich nahm ihn an der Hand und zog ihn mit, er wusste anscheinend die Kammer noch nicht. Dann waren wir in der Kammer, ich verriegelte die Tür, da nahm er mich in den Arm und küsste mich, er machte mir die Bluse auf, ließ sie zu Boden fallen und küsste meine Brüste, er war sehr gefühlvoll. Ich öffnete meinen Rock und ließ ihn zu Boden gleiten, auch er war inzwischen nackt, er legte mich auf die Liege, er küsste meinen Körper, leckte an meiner Muschi und dann legte er sich auf mich. Ich führte seinen mit einem Gummi geschützten Liebling in meine feuchte Spalte ein, er verstand es gut, eine Frau

glücklich zu machen. Unsere Geilheit war kaum zu
bremsen, dann entluden sich unsere Körper, wir kamen
miteinander, es war richtig schön mit ihm, er küsste und
streichelte mich zärtlich, bis wir uns wieder etwas
beruhigt hatten. Wir wuschen uns ab, zogen uns an und
gingen wieder nach draußen zu den andern. Er trennte
sich von mir mit den Worten: „Treffen wir uns mal
wieder?" Ich sah ihn an und zuckte mit den Schultern.
Ich schlenderte im Saal umher, da sah ich einen
Jungen, er stand einsam herum, ich sprach ihn an, lud
ihn zu einem Drink ein, an der Theke fragte ich ihn, ob er
auf jemanden wartet. Er verneinte, ich sah schon, dass
er sehr schüchtern war, seine Augen hingen an meinem
Busen, er tat mir leid. Ich nahm seine Hand und legte sie
auf meinen Schenkel, ich lächelte ihn an, er versuchte
mich zu streicheln, aber er war zu unsicher, ich führte
seine Hand nach oben hin zu meinem Bauch, führte sie
hin und her, da bekam er langsam Mut. Als er merkte,
dass ich kein Höschen anhatte, fuhr er mit der Hand an
meine Süße, ich fasste nach seinem schon festen
Speer, er war gut bestückt. Dann zog ich ihn mit, wir
gingen in die Kammer, er wusste nicht so recht, wie er
sich verhalten und wie er anfangen sollte, da begann ich
mich zu entblößen. Zuerst fiel die Bluse, dann legte ich
seine Hand auf meine Brust, zart drückte er sie, ich hatte
seine Hose geöffnet und ließ sie fallen. Stolz stand sein
Kamerad an seinem Bauch, ich streichelte ihn, das
behagte ihm, meinen Rock hatte ich schon lange fallen
lassen, so stand ich nackt vor ihm, er bestaunte mich,
ich glaube, er hat noch nie eine nackte Frau gesehen. Er
sah mich so verlangend an, da legte ich mich auf die
Liege, ich zog ihn auf mich und zog ihm einen Gummi

23

an, dann führte ich seinen harten Schweif in meine triefend nasse Liebesgrotte. Er brauchte erst etwas Zeit bis er heraus hatte wie es geht, ich streichelte seinen Po und seinen kleinen Hoden, kraulte seine Kugeln, da spürte ich wie er anfing zu zittern und er bäumte sich auf, um dann seinen Samen in mir in den Gummi zu spritzen. Ich fühlte jede Zuckung bei ihm, dann fiel er auf mich drauf, er war ermattet. Ich streichelte ihn, um ihn zu zeigen dass er gut war. Nach kurzer Zeit standen wir auf, säuberten uns, zogen uns an um nach draußen zu gehen, da sagte er zu mir: „Wenn ich nicht gut war, sei mir nicht böse wenn es nicht so gut geklappt hat, du warst für mich die erste Frau." Ich nahm ihn in den Arm und sagte: „Du brauchst dir nichts dabei denken, du warst schon gut, jeder hat es einmal das erste mal gemacht." Dann liefen wir in den Saal. Ich wollte gerade an die Bar um etwas zu trinken, da umfasste mich jemand von hinten, ich drehte mich um, da stand wieder der ältere Herr da, ich lächelte ihn an, er lud mich ein, an der Bar einen Drink zu nehmen. Er stellte sich vor, sein Name war Erwin Richter. Er erzählte, dass er eine Fabrik hat, sie gehört aber seiner Frau, aber er musste alles tun. Geschäftlich wären sie ein gutes Team, nur im Bett, da will sie von ihm nichts mehr wissen, er meinte, dass sie einen jungen Freund hat. Er fasste mich an der Hand und zog mich mit in das Separee. Langsam und genussvoll zog er mich und dann sich aus, es ist schon ein Unterschied, ob der Mann jung oder im reifen Alter ist. Er war sehr gefühlvoll und zärtlich, wir erlebten beide wieder diese himmlischen Gefühle, als wir die Erfüllung dieses Miteinander genießen konnten. Wir blieben beide noch etwas zusammen, bevor wir uns reinigten und

24

anzogen. Dann gingen wir wieder an die Bar. Er machte mir einen Vorschlag, er hat an einem See ein Wochenendhaus, da könnten wir uns doch mal einen schönen Tag machen, mich würde es schon reizen und den Tag könnte ich leicht frei machen. Wir verabredeten uns auf einen Mittwoch, er würde mich abholen und dann wieder nach Hause bringen. Jetzt wollte ich nach Hause, er bot sich an mich dahin zu fahren. Ich sagte der Garderobenfrau, dass sie Lisa sagen soll, ich bin schon zu Hause. Dann fuhren wir los. Vor dem Haus setzte er mich ab, er verabschiedete sich von mir und fuhr ab.

Ich ging ins Haus, machte mich Bettfertig und wartete auf Lisa. Ich war auf dem Sofa eingeschlafen, da weckte mich Lisa, es war schon sehr spät, sie lachte und meinte: „Warum bist du nicht gleich ins Bett gegangen?" „Ich wollte halt auf dich warten. Lisa, ich bin ja nicht neugierig, aber dich sieht man den ganzen Abend nicht, wo bist du da?" Sie lachte und sagte: „Ich habe da zwei Herren, die spielen Schach und ich muss sie bedienen, sie wollten dass ich mein Haushemdchen anziehe und so für sie da bin. Du weißt ja, das sieht schon gut aus, sie wollen mich auch mal anfassen und streicheln und den jeweiligen Gewinner muss ich dann belohnen. Ich habe somit alles was ich will und sie zahlen dazu noch gut." Wir lachten noch darüber und gingen schlafen. Mittlerweile ist die Weihnachtszeit angebrochen, beinahe hätten wir das vergessen. Also bereiteten wir uns auf das Fest vor. Am anderen Morgen klingelte es an der Haustür, ich saß im Büro und Lisa öffnete, ein etwas älterer Herr stand davor, er fragte, ob hier die

Dolmetscherin Frau Sander wohnt. Lisa fragte ihn, was er wollte. Er zeigte ihr einen Brief, den man übersetzen muss. Lisa ließ ihn ein, sagte ihm, er müsse etwas warten da ich gerade beschäftigt bin. Lisa gab mir ein Zeichen, damit ich wusste, dass etwas ist. Ich benötigte noch ein paar Minuten, dann konnte ich mein Gerät abschalten und den Kopfhörer abnehmen. Ich sah nach was los ist, Lisa war schon gegangen, da stand Herr Richter vor mir, wir waren beide überrascht. „Du bist die Dolmetscherin?" Ich bejahte die Frage, staunend besah er sich mein Büro. „Ist ja toll, was du da alles hast." Er zeigte mir den Brief, er war in Japanisch geschrieben, den müsste man übersetzen. Ich fragte ihn: „Willst du warten oder soll ich den Brief später zu dir bringen?" „Wenn es nicht zu lange dauert warte ich darauf." Ich legte den Brief in mein Lesegerät, er erschien auf der rechten Seite auf meiner Leinwand, dann fing ich an den Briefinhalt ins Deutsche zu übersetzen, auf meiner Schreibmaschine schrieb ich die deutsche Fassung. Nach circa 20 Minuten war ich fertig, erfreut konnte er nun lesen, was sein japanischer Partner geschrieben hatte. „Du machst das ganz prima" meinte er, „wie viele Sprachen kannst du?" Ich sagte: „Mit Deutsch zur Zeit fünf." Er nahm meinen Kopf in seine Hände, küsste mich und fragte: „Wann sehen wir uns wieder?" Ich musste lachen und sagte: „Du bist doch da." Wir gingen ins Wohnzimmer und ich sagte ihm, dass Lisa bei der Arbeit ist und dass wir allein hier sind. Das gefiel ihm, ich stand vor ihm, ich hatte nur mein dünnes Hemdchen an, da konnte er nicht anders, er zog mir dasselbe vorsichtig aus, dann zog er sich aus, wir umarmten uns und sanken zu Boden. Gefühlvoll fuhr er mit seinem Liebling in meine feuchte Grotte ein, herrlich, ich klammerte mich an ihn, streckte ihm meinen Unterleib entgegen um dann wieder dieses unheimlich schöne Gefühl der Entspannung zu erleben. Ihm erging es ebenso, er blieb noch etwas auf mir liegen, schön, ihn so streicheln zu können und seine Wärme zu spüren. Dann erhob er sich, wir gingen ins Bad um uns zu reinigen, wir tranken noch ein Glas Wein, unterhielten uns etwas, dann musste er gehen. Er sagte noch, ich solle eine dicke Rechnung schreiben. Das machte ich natürlich nicht, meine Rechnung war korrekt, oder wollte er mich testen? Ich hatte viele gute Kunden, sie kamen immer wieder, weil ich gute Arbeit machte und keinen preislich überforderte.

An einem Mittwochmorgen rief mich Herr Richter an, ob ich mit ihm zum See fahren möchte, heute sei schönes Wetter, klar ging ich mit. Er holte mich ab und dann nach circa einer Stunde waren wir an seinem Wochenendhaus. Herrlich am See gelegen, ein schönes Domizil. Der See lag da, einladend zum Schwimmen, ich entkleidete mich bis auf den Bikini, da sagte er; „Den kannst du ruhig ausziehen, hier kommt niemand her." Also zog ich ihn aus, es war herrlich, sich nackt und frei zu bewegen. Ich ging gleich ins Wasser, es war noch etwas kühl aber herrlich, ich schwamm weit hinaus, ein wunderbarer Genuss. Wieder zurück, er hatte einen Wein eingeschenkt, so konnten wir uns in der Sonne aalen. Es dauerte nicht lange, da fingen seine Hände an mich zu streicheln und zu betasten, es war einfach schön, ich langte zu ihm hin, sein Freund war schon aufgestanden und wollte betätigt werden. Diesmal setzte ich mich auf ihn, das gefiel ihm sehr, mit rhythmischen Bewegungen kamen wir dem Höhepunkt näher, er bäumte sich auf und spritzte mir seinen Saft mit kräftigen Schüben in meine zuckende Muschi, es waren herrliche Gefühlsnuancen, bis zur letzten Zuckung blieb ich auf ihm sitzen, schön. Am liebsten wäre ich sitzen geblieben und hätte gewartet, bis er in mir wieder wächst, aber das hätte sicher zu lange gedauert, also stand ich auf, ging zum See, um mich zu säubern, sein Sperma lief an meinem Schenkel runter, er hatte mich ganz schön vollgespritzt. Bald war der Schaden wieder behoben und ich sauber, dann ging ich zurück zu ihm, er hatte sich ebenfalls gewaschen, so legten wir uns wieder in die Sonne. Ein Glas Wein, leise Musik, alles war sehr angenehm, er meinte, das sollten wir öfters machen. Es war aber auch unbeschreiblich schön hier, der See, die Natur ringsum, einfach herrlich, ganz toll um sich etwas zu erholen. Der nächste Tag fing mit einem kräftigen Frühstück an, dann waren wir für den Tag gewappnet. Lisa verließ das Haus, sie musste zu ihrer Arbeit gehen. Ich hatte in meinem Büro noch einige Dokumente zu übersetzen und zur Abholung bereit zu stellen, ein Bote würde sie dann abholen. Der Bote kam, nahm seinen Auftrag mit und überreichte mir gleich einen neuen, er sah mich so komisch an, ich fragte ihn: „Ist noch etwas?" Er sagte: „Nein, aber ich glaube, ich habe sie schon mal irgendwo gesehen." Ich sagte nur: „Das ist schon möglich, ich komme viel herum." Ein bisschen skeptisch fuhr er ab. Ich wusste schon, wo er mich gesehen hat, im Club natürlich, ich wollte ihm da natürlich keine Hoffnungen machen. Am Nachmittag musste ich noch einige Besorgungen machen, da kam ich in die Nähe von dem Hause von Frau Sauer. Ich läutete, Frau Sauer öffnete mir und war sehr erfreut, dass ich wieder mal vorbei kam. Irene kam auch gleich und drückte sich an mich. Frau Sauer sagte: „Das verstehe ich nicht, Irene ist noch nie zu Fremden gegangen, sie hat sich immer versteckt wenn jemand kam, jetzt bei ihnen, da ist sie ganz anders, ist da ein Funke übergesprungen?" Ich streichelte Irene, sie schmiegte sich eng an mich, wollte sich fast nicht von mir lösen. Ich fragte Frau Sauer: „Wo ist eigentlich Erich? Ich habe ihn schon lange nicht mehr gesehen?" „Wissen sie das denn nicht, er musste doch für seine Firma nach Südfrankreich für circa drei Monate. Hat er ihnen das auch nicht gesagt?" Ich war schon etwas enttäuscht, mit der echten Liebe war es wohl wieder mal nichts. Frau Sauer sah mich die ganze Zeit so seltsam an, ich fragte sie: „Frau Sauer ist etwas mit ihnen? Sind sie krank?" „Karen" sagte sie (es war das erste mal, dass sie mich mit meinem Vornamen ansprach) „ich weiß nicht wie ich es sagen soll, sie sind uns ja normal fremd, (ich bedeutete ihr, es beim du zu lassen, da redet es sich leichter) also du bist ja für uns noch fremd, aber ich habe niemanden mit dem ich reden könnte. Meine einzige Freundin ist auch schon alt, zu dir hätte Irene und ich Vertrauen. Ich habe dich schon mal anrufen wollen, habe aber nie den Mut dazu gehabt." Sie druckste noch etwas herum, dann sagte sie: „Ich muss am 12. Juli 1963 für circa 10 Tage ins Krankenhaus, ich muss mich am Magen operieren lassen, aber was mache ich mit Irene, sie geht doch zu niemanden. Erich kann nicht kommen und sonst weiß ich keinen zu dem sie gehen würde." Das hieß also hinten rum, ob ich sie nicht nehmen könnte. Das Kind tat mir leid, was soll ich machen? Meine Gedanken jagten sich, wie soll das gehen, meine Arbeit und dazu das Kind? Ich überlegte, geht das? Da fiel mir ein, dass nächste Woche die Schulferien anfangen, da würde es gehen, ich hatte da so einen Gedanken. Also sagte ich: „In Ordnung Frau Sauer, ich nehme Irene mit zu mir. Machen sie bitte eine Tasche mit Irenes Sachen fertig, ich komme dann und hole sie ab." Jetzt musste ich aber gehen, ich verabschiedete mich, ich hatte es mit einem Mal eilig.

Voller zweifelnder Gedanken machte ich mich auf den Heimweg, was ist, wenn der Frau Sauer etwas zustößt, wer nimmt dann das Kind? Was mache ich in dem Fall? Behalten? Wie soll das funktionieren? Ich mit 23 und einem fremden Kind? Was habe ich mir da aufgeladen? Was wird aus meinem Leben? Ich brauchte jetzt Lisa, ich bin wohl hart im nehmen, aber das? Ich kam nach Hause, war total durch den Wind, Lisa war noch nicht da, ich sah zum Fenster hinaus zur Straße, da sah ich Caroline, ein Blitz durchfuhr mich. Ich öffnete das Fenster und rief Caroline zu, dass sie mal zu mir kommen möchte. Caroline war 11 Jahre alt, ihre Mutter war alleinerziehend, ihr Mann hatte sie verlassen, sie war finanziell nicht gerade gut gestellt. Caroline trug in unserem Bereich eine Zeitung aus, bekam dafür ein paar Mark. Sie kam etwas zurückhaltend, ich bat sie zu mir herein, zögernd kam sie, ich sagte: „Caroline, du musst doch keine Angst haben, ich tu dir nichts böses, ich möchte nur mal mit dir über etwas reden. Du hast doch jetzt Ferien, ich bekomme ein kleines Mädchen in Pflege, da könnte ich so ein Mädchen wie dich brauchen, welche etwas auf die Kleine aufpasst und mit ihr spielt, wär das nichts für dich? Du wirst von mir dafür natürlich gut bezahlt." Sie sah mich an und sagte: „Ja das geht schon, in das Schullandheim kann ich sowieso nicht mit, weil meine Mama dafür kein Geld hat." Ich sah sie an und fragte: „Was ist mit dem Schullandheim?" „Wissen sie, das wäre die erste Ferienwoche, am 9. Juli 1963 fährt die ganze Klasse in das Schullandheim, aber das kostet 200 DM, soviel Geld hat meine Mama nicht." „Du würdest aber gern mit fahren?" Sie meinte: „Das schon, aber ich konnte mich ja da nicht anmelden, jetzt geht es nicht mehr." Ich überlegte kurz und sagte: „Ich werde sehen, ob das noch geht, wer ist dafür zuständig, weißt du das?" „Ja, meine Lehrerin Frau Reutter." Ich hatte Caroline schon lange im Arm, sie hatte sich an mich gelehnt, bekam sie zu Hause keine Liebe? Sie war richtig süchtig nach etwas Liebe. Sie sah auf die Uhr und sagte: „Oh je, ich muss gehen, sonst schimpft meine Mama wenn sie von der Arbeit nach Hause kommt und ich habe nichts gekocht." Armes Mädchen, mit 11 Jahren. Mein Plan war, dass sie mit in das Schullandheim fährt und dann mir hilft. Ich nahm gleich das Telefonbuch und suchte mir die Schule aus, ich rief dort an und verlangte die Frau Reutter. Nach kurzem warten meldete sie sich, ich stellte zuerst mich vor und dann äußerte ich meinen Wunsch. Sie meinte dazu: „Das kann ich schon noch arrangieren, am besten ist, ich komme nachher noch bei ihnen vorbei, da können wir darüber reden." Mir war das recht. Gegen 17 Uhr kam Frau Reutter, eine junge Frau, ich bat sie herein, dann sahen wir uns an, sie tat etwas pikiert, wir kannten uns aus dem Club. Schnell kamen wir uns näher, ich sagte ihr was ich wollte. Sie packte ihre Akte aus und sagte

31

mir, Caroline sei ein ganz liebes Mädel, sie lernt gut mit, aber zu Hause stimmt es nicht. Seit der Vater die Familie verlassen hat, geht es ihnen nicht so gut, der Vater zahlt nichts, also muss die Frau allein arbeiten und für die Familie sorgen, da kann sie halt die Kosten für das Schullandheim nicht aufbringen. Ich sagte: „Caroline möchte unbedingt mit und ich komme für die Kosten auf." Frau Reutter sagte, sie wird dafür sorgen, dass es geht, also gab ich ihr gleich das Geld. Ich lud sie noch ein, mit mir ein Glas Wein zu trinken, da könnten wir uns noch etwas unterhalten, sie nahm die Einladung an. Wir saßen da, redeten über dies und jenes, ich betrachtete sie etwas von der Seite und stellte fest, dass sie sehr hübsch war. Ihr Rock war etwas nach oben gerutscht und legte ein paar schöne Knie frei, sie bemerkte meinen Blick, sah mich an und lächelte. Wir stießen noch mal an, da sagte sie: „Wollen wir uns nicht duzen? Ich heiße Sabine." Ich sah sie an und sagte: „Aber gern, ich heiße Karen." Noch einen Schluck und dann streckte sie mir ihren Mund her, natürlich küsste ich sie, sie schmeckte sehr angenehm, roch auch so, ich stellte mir vor, mal mit ihr zusammen zu sein, dachte sie dasselbe? Sie hatte meine Hand genommen und auf ihr Knie gelegt, sie sah mich an und sagte: „Das wolltest du doch, oder?" Wir sahen uns an und mussten lachen, dann lagen wir uns in den Armen. Sie war schön weich, warm und duftete gut, wir brauchten nicht mehr lange zu überlegen, bald lagen unsere Kleider am Boden und wir uns in den Armen, wir legten uns auf den Fell Teppich und ließen unseren Gefühlen und unserer Lust freien Lauf. Es war bei ihr auch nicht das erste mal, sie ging ganz schön ran, bald überliefen uns Wonneschauer und ließen uns das schönste erleben, was zwei Frauen wie wir nur erleben konnten. Unsere Körper gaben das letzte an Gefühlen her, ermattet lagen wir dicht beieinander, küssten und streichelten uns, bis die Wonneschauer abgeklungen und sich unsere Sinne wieder beruhigt hatten. Glücklich reinigten wir uns, zogen uns wieder an, setzten uns auf das Sofa, es war wieder ein schönes sexuelles Erlebnis. Dann kam Lisa, sie begrüßte Sabine herzlich, da fiel mir ein, dass wir noch gar nichts gegessen hatten, so lud ich Sabine ein, mit uns zu speisen, was sie gerne annahm. Es wurde noch ein schöner unterhaltsamer Abend.

Am anderen Tag nach der Schule kam Caroline zu mir, sie bedankte sich dafür, dass sie mit in das Schullandheim durfte, sie freut sich so darauf. Sie saß neben mir und ich spürte, dass sie meine Nähe suchte, ich nahm sie in den Arm und streichelte sie, sie hatte die Augen geschlossen und genoss es. Bekam sie zu Hause keine Anerkennung, keine Liebe? Wie arm muss doch ihr Leben sein. Sie musste dann gehen, sie hatte feuchte Augen, ich sagte ihr noch: „Caroline, wenn du mal jemanden brauchst, komm ruhig zu mir." Dankbar sah sie mich an und ging. Am Abend rief mich die Mutter von Caroline an, sie bedankte sich, dass ich der Caroline den Urlaub bezahlt habe, sie hätte das nicht können. Irgendetwas hatte sich in den letzten Tagen in meinem Leben geändert, ich musste damit erst mal fertig werden. Meine Arbeit lief einfach nicht mehr so wie normal, immer wieder überfielen mich so komische Gedanken, wie ein Damoklesschwert hingen sie über mir. Ich fühlte mich einfach gehemmt. Beiläufig ging ich mal wieder bei der Frau Sauer vorbei, um zu sehen, wie es ihr und dem Kind geht, sie freute sich sehr, dass ich vorbei kam, sie hatte mir einiges zu sagen. Erich lässt grüßen, er benötigt noch zwei Monate bis er wieder nach Hause kommt, auch bedankt er sich, dass ich bereit bin, Irene bei mir aufzunehmen. Na Spitze, dafür kann ich mir was kaufen. Frau Sauer lud mich noch ein, mit ihr den Nachmittagskaffee einzunehmen, Irene hatte sich an mich gelehnt, sie war ja lieb, aber was wird wenn? Ich durfte nicht daran denken. Die Ferien begannen, Caroline konnte mit ins Schullandheim, hoffentlich haben sie schöne und erlebnisreiche Tage. An einem Nachmittag, ich musste wieder in die Stadt um einige Übersetzungen abzuliefern, da traf ich die Mutter von Caroline, ich begrüßte sie freundlich, sie bedankte sich noch einmal bei mir und meinte, sie hätte das einfach nicht machen können. Sie machte auf mich einen total erschöpften Eindruck. Sie erzählte, dass sie ihr Mann wegen einer jüngeren verlassen hat, sie müsste deshalb jetzt auf zwei Stellen arbeiten, dass sie alles was nötig ist bezahlen kann, von ihrem Mann bekommt sie nichts, er kümmert sich auch nicht um Caroline. Das ist traurig. Ich lud sie ein, wenn Caroline wieder da ist, mal zu mir zu kommen, dann trennten wir uns. Schnell war die Woche um, nun kam für mich eine harte Zeit. Caroline kam mal zu mir um mir zu sagen, dass sie jetzt wieder da sei und wie schön es im Schullandheim war, sie war ganz begeistert, auch von ihrer Lehrerin Frau Reutter, dass sie ihr das noch ermöglicht hat. Sie saß dicht neben mir, ich musste sie einfach in den Arm nehmen, was sie gern hatte, ein bisschen Liebe und Zuneigung können so viel bewirken, besonders bei Kindern. Ich

34

sagte ihr, dass ich in der nächsten Woche Irene hole, Caroline freute sich schon auf sie.

Am Wochenende gingen Lisa und ich wieder in den Club, es war fast wie eine Sucht, wieder toll hergerichtet, mit unseren Minis, wir zogen wieder Slip und BH an der Kasse aus, nahmen unsere Verzehrbons und stürzten uns ins Gewühl. Zuerst traf ich den jungen Mann, der mit mir sein erstes Mal erlebt hatte, er freute sich als ich ihn ansprach, wir gingen an die Bar, um uns etwas zu stärken. Diesmal war er schon etwas selbstbewusster, seine Hand tastete sich an mich heran, ich ließ ihn gewähren, war ich doch schon wieder ganz schön aufgeheizt, schon der Gedanke, dass die Jungs wussten, dass wir unten ohne sind, regte unsere Sinne ganz schön an. Bald waren wir wieder soweit, dass wir erst mal den Saal verließen um den bewussten Nebenraum auf zu suchen, er war diesmal schon etwas erfahrener, hatte seine Scheu schon fast verloren. Seine Hände zitterten schon noch, als er mir die Bluse öffnete, aber das verlor sich bald, sein bestes Stück stand da wie ein kleiner Held, ich konnte es kaum erwarten, dass er ihn mir zu spüren gab, er machte es diesmal schon sehr gut. Unsere Gefühle trieben uns wieder in die höchste Lust, bis wir beide fast zur gleichen Zeit explodierten, man möchte da immer, dass das Gefühl ewig so bleibt. Aber bald beruhigten sich unsere Sinne wieder, wir konnten uns säubern und dann wieder in den Saal zurückgehen. Lisa war natürlich nirgends zu sehen, sie wird schon ihren Spaß haben. Später traf ich wieder den Herrn Richter, er war sehr erfreut mich zu sehen, bald waren wir wieder mit unseren Gedanken dem Moment weit voraus, ein Gläschen Wein und dann waren wir auch schon auf dem Weg in den Lustraum, wenn der erzählen könnte, lieber nicht. Spät verließen wir dann den Club, Erwin fuhr mich wieder nach Hause, er meinte beim Abschied, dass wir uns mal wieder am See treffen sollten, er würde mich anrufen, wenn es bei ihm passt. Lisa war noch nicht da, also ging ich ins Bett und war bald eingeschlafen. Ich schlief sehr unruhig, es war wie eine schwarze Wolke die mich immer wieder erdrücken wollte, in Schweiß gebadet wachte ich auf, überlegte was das wohl war, eine Warnung, aber für was? Ich ging unter die Dusche um mich wieder frisch zu machen, da kam Lisa heim. Sie fragte: „Warum tust du um diese Zeit duschen?" Ich erzählte ihr von meinem Traum, sie sagte: „Es könnte eine Warnung sein, aber wer weiß das schon. Ich rate dir, dass du die nächste Zeit auf dich aufpasst." So gingen wir dann wieder schlafen, der Traum ließ mich auch den ganzen Sonntag nicht los, ich überlegte immer wieder, was das zu bedeuten hat, was kommt da auf mich zu. Am Montagmorgen fuhr ich zu Frau Sauer um Irene abzuholen, Irene machte mir die Türe auf und weinte, da sah ich Frau Sauer am Boden liegen. Ich rief ihren Arzt an, dass er sofort kommen muss, es dauert nicht lange da kam er, er rief sofort beim Roten Kreuz an, damit sie ins Krankenhaus befördert wird. Jetzt stand ich da und wusste nichts, war das der Traum, hatte er mir das sagen wollen? Ich nahm erst mal Irene mit, schloss das Haus ab, dann musste ich zu mir nach Hause, Frau Sauer hatte für Irene etwas Wäsche eingepackt, das wars. Nun musste ich sehen, wie ich mit der Situation fertig werde. Zu Hause musste ich erst mal Irene versorgen, dann kam auch schon

Caroline, die beiden konnten sich gleich gut leiden, so dass es wenigstens da keine Probleme gab. Zuerst musste ich Irene etwas luftiger anziehen, sie musste sich ja tot schwitzen in den dicken Kleidern, ließ Frau Sauer das Kind immer so dick angezogen rumlaufen? Caroline war sehr bemüht um die Kleine, so konnte und musste ich mich erst mal um andere Sachen bemühen. Dann rief ich im Krankenhaus an, was mit Frau Sauer ist, sie wollten mir keine Auskunft geben, also musste ich hinfahren, ich ging gleich zu einem mir bekannten Arzt und ich fragte ihn. Er sagte mir, dass es ein Magendurchbruch ist, sie wird gerade operiert, ihre Aussichten seien aber nicht sehr gut. Da fiel mir wieder der Traum ein, die schwarze Wolke, hatte sie das vorausgesehen? Eine Unruhe hatte mich gepackt, was mache ich, wenn es zum letzten kommt. Ich musste jetzt erst mal zum Haus von Frau Sauer, um zu sehen, dass ich die Adresse von Erich finde, ich wusste ja nicht wo ich suchen sollte, was mache ich nun? Da fiel mir ein Bekannter ein, ein Anwalt, der muss mir helfen. Ich rief ihn an, hatte ihn auch gleich am Telefon, ich erzählte ihm kurz um was es geht, er meinte ich solle im Haus warten, er kommt gleich. Es dauerte nicht lange, da kam er, ich musste ihm jetzt alles genauer erzählen, er machte sich Notizen, fragte mich noch wer der Arbeitgeber vom Erich ist, aber ich wusste das nicht. Der Anwalt, Herr Robert Klein, suchte nun in verschiedenen Schubladen und wurde fündig, er las was er gefunden hatte, dann sah er mich an und sagte zu mir: „Frau Sauer schreibt hier, falls sie ablebt, dass sie unbedingt das Kind nehmen müssen, damit es nicht in ein Heim muss. Erich soll, wenn er wiederkommt, bestimmen was

dann geschehen soll." Ich glaubte zu träumen, hat die
Dame mit ihrem Ableben gerechnet? Was mache ich
nun? Herr Klein rief im Krankenhaus an um zu erfragen,
wie es der Frau Sauer geht. Die Antwort war, die Frau
habe die Operation nicht überlebt. Ich sah den Anwalt an
und fragte und nun? Er zuckte die Schulter, was machen
wir nun? Er suchte weiter, fand ein zweites Schriftstück
und las vor, was Frau Saur geschrieben hat, er fand eine
Verfügung, dass sie verbrannt werden wollte und ihre
Urne in das Grab ihres verstorbenen Mannes eingesetzt
wird. Na wenigstens etwas. Was soll ich jetzt mit dieser
Situation anfangen, eine tote Frau und ein Kind was mir
nicht gehört, so hänge ich nun da. Der Anwalt versprach
mir, dass er mir in dieser Sache hilft, er wird sich um die
Beerdigung kümmern, wie es mit dem Kind wird, das
muss ich entscheiden. Irene wird auf alle Fälle erst mal
bei mir bleiben.

Ich benötigte jetzt dringend eine Hilfe im Haus, ich kann
nicht meine Arbeit machen und zugleich das Haus
richten, auch das Haus der Frau Sauer musste ab und
zu gelüftet und versorgt werden. Ich konnte nur hoffen,
dass Erich bald kommt. Da kam mir ein Gedanke, die
Mutter von Caroline könnte ich fragen, ob sie das
machen möchte. Jetzt musste ich erst mal nach Hause,
ich schloss das Haus ab und fuhr zu mir. Caroline und
Irene waren auf der Terrasse und spielten, zwei nette
Kinder. Es war inzwischen Zeit geworden, dass Irene
schlafen gehen sollte, noch etwas zum Essen, Caroline
hatte schon etwas gemacht, dann konnte ich sie ins Bett
bringen. Ich setzte mich im Wohnzimmer auf das Sofa,
Caroline setzte sich neben mich, sie war ja lieb, aber ich

hatte schon oft gedacht, sie riecht so komisch, diesmal war es extrem. Ich sagte zu ihr: „Caroline, sei bitte nicht beleidigt, aber du solltest mal duschen gehen." Sie sah mich an und sagte: „Aber wir haben doch keine Dusche." Ich nahm sie an der Hand und ging mit ihr ins Bad, ich sagte ihr, dass sie sich ausziehen soll. Sie war unsicher, aber ich sagte: „Du brauchst keine Angst zu haben, ich tu dir nichts. Du gehst jetzt unter die Dusche und ich hole dir derweil frische Wäsche. Seife und Shampoo stehen hier und ein Handtuch zum Abtrocknen liegt in dem Regal." Ich drehte ihr noch das Wasser an und ließ sie dann allein. Als ich zurück kam, stand sie immer noch unter der Dusche, ich fragte sie: „Kann ich dir helfen?" Ich sah schon, sie kam nicht so richtig zurecht. Ich nahm einen Schwamm und wusch sie ab, sie ließ es über sich ergehen, es gefiel ihr, wie das warme Wasser über ihren Körper rieselte, das ist angenehm. Ich sah sie an, Caroline ist ein hübsches Mädchen, war gut gewachsen, ich nahm ein Frottee Handtuch und trocknete sie ab, dann bekam sie von mir frische Wäsche und ein Kleid, es passte ihr sogar. Jetzt sah sie richtig Damenhaft aus, als sie in den Spiegel schaute, war sie richtig stolz. Ich sagte ihr, deine Wäsche geb ich in die Waschmaschine, dann bekommst du sie morgen wieder. Wieder im Wohnzimmer, wir saßen wieder dicht beisammen, da sagte sie: „Danke für das Bad, wir haben so etwas zu Hause nicht." Ich hatte sie in den Arm genommen und sagte dann zu ihr: „Wenn du nach Hause kommst, sagst du zu deiner Mama, sie möchte mich bitte mal besuchen kommen, ich hätte etwas mit ihr zu besprechen." Sie sah mich so komisch an, ich konnte mir denken, was sie dachte, ich sagte: „Caroline, es ist nicht wegen dir, du bist lieb und ich mag dich sehr, es ist etwas anderes." Am anderen Abend kam Frau Krass zu mir, ich empfing sie freundlich, lud sie zu einem Glas Wein ein und sagte ihr dann was ich wollte. „Frau Krass, ich möchte ihnen ein Angebot machen. Ich benötige unbedingt eine Frau, die sich hier im Haus um alles kümmert, ich komme einfach nicht mehr dazu. Sie und Caroline können bei mir wohnen, sie werden von mir entsprechend bezahlt, hätten hier vollkommen freie Hand, wie sie ihre Arbeit einteilen. Hinzu kommt natürlich noch die kleine Irene. Überlegen sie es sich, aber kommen sie mal mit, ich zeige ihnen wo sie wohnen werden." Wir gingen nach oben und ich zeigte ihr die zwei Räume, das Bad und eine kleine Küche. „Das wäre jetzt ihr privater Bereich." Sie sah mich an, konnte es nicht glauben, „Das wäre ja zu schön" meinte sie, „aber wie soll ich das bezahlen?" Sie stand so hilflos da, ich musste sie einfach in den Arm nehmen und sagte: „Frau Krass, sie wohnen hier bei mir selbstverständlich mietfrei, das gehört mit zu ihrem, wie soll ich sagen, zu ihrer Bezahlung. Sie bekommen von mir dazu denselben Lohn, wie sie bis jetzt verdient haben. Sie brauchen keine zwei Arbeitsplätze mehr, sie haben alles hier und wenn sie ihre Arbeit gut einteilen, haben sie auch zwischendrin etwas Freizeit für sich." Sie fragte: „Was muss oder soll ich hier alles machen?" Ich erklärte ihr, wie ich mir das gedacht hatte, dass sie zuerst mal die Wohnräume sauber halten soll, das Frühstück richten, Mittagessen kochen, Abendessen richten, zwischendrin vielleicht mit der Irene spazieren gehen oder sie etwas beschäftigen sollte, Mittags schlafen legen, sie schläft meistens eine Stunde. Die

Zimmer von Lisa und von mir brauchen sie nicht zu machen, auch das Büro nicht, das mache ich selbst. Und Caroline kann sie ein wenig unterstützen. Sie sagte: „Gut ich nehme ihr Angebot an, ich muss halt meine jetzige Arbeit kündigen." „Bitte tun sie das" sagte ich, „mir wäre es recht, wenn es bald wäre. Noch etwas, es betrifft Caroline, sie ist so ein liebes Mädchen, es wäre gut, wenn sie etwas mehr Zeit für sich hat, sie braucht das." Sie sagte: „Sie haben ja recht, aber wie hätte ich das anders machen sollen, wenn ich jeden Tag 12 Stunden arbeiten muss?" Ich hatte ihre Hand ergriffen und sagte: „Frau Krass, das brauchen sie hier nicht, ich denke, wir werden gut miteinander auskommen, Lisa weiß Bescheid, so gibt es sicher keine Probleme." Am anderen Tag ging ich mal wieder in das Haus von Sauers, ich wollte für Irene noch etwas Wäsche und dergleichen mitnehmen. Es war gut, dass ich hierher gegangen bin, der Briefkasten war randvoll. Ich sah die Post durch, da war auch ein Brief aus Frankreich dabei, als ich ihn öffnen wollte, hatte ich so eine Vision, mir fiel auf einmal wieder die schwarze Wolke ein, was hatte das zu bedeuten? Zaghaft öffnete ich den Brief, er war in Französisch geschrieben, ich las ihn und mir wurde ganz schwindlig, da stand es, Erich ist tot. Der benannte ist am 28. Juli 1963 bei einer Bauausführung in einen tiefen Schacht gefallen, er war sofort tot. Ich wusste momentan nicht was ich tun soll, mein Geist war total abgeschaltet.

Ich musste mich erst setzen und diese furchtbare Nachricht verkraften. Ich weiß nicht wie lange ich da gesessen bin, da stellte ich fest, dass ich nicht mal geweint habe. Ich hatte keine Tränen, da fiel mir Irene

41

ein, jetzt hat sie keine Oma und keinen Papa mehr, was mache ich jetzt? Ich musste jetzt erst mal mit jemanden reden, ich schloss das Haus ab und ging zu meinem Anwalt, seine Vorzimmerdame empfing mich mit den Worten: „Ach du mein Gott, wie sehen denn sie aus? Ist ihnen etwas passiert?" Ich schüttelte den Kopf, sagte nur ich muss zum Anwalt, sie meldete mich an, er kam sofort heraus, er sah mich und nahm mich mit in sein Büro. Ich reichte ihm wortlos den Brief, erlas ihn, sah mich an und fragte: „Was machen sie nun?" Im Brief fragten sie auch, was sie in Toulouse mit dem Toten machen sollen. Ich hieß den Anwalt, er solle ihnen schreiben, dass er eingeäschert werden soll und dass sie die Urne dann hierher schicken sollen. Ich würde dann sehen, dass die Urne in das Grab seiner Frau kommt. Was nun, die Irene hatte niemanden mehr außer mich. Ich beauftragte den Anwalt, dass er sich um den Nachlass der Familie Sauer kümmert, auch bei den Ämtern musste einiges geregelt werden, er sollte nachfragen, ob ich Irene behalten kann? Ich hatte mich entschlossen, dass ich das Kind behalte und zugesprochen bekomme, laut der Verfügung von Frau Sauer. Vielleicht kann ich Irene sogar adoptieren. Ich benötigte jetzt sofort eine Hilfe, also musste Frau Krass sofort anfangen, mein Kopf war voll irrer Gedanken, ich benötigte jetzt erst mal etwas Ruhe, um mich wieder konzentrieren zu können. Caroline kam gerade aus der Schule, ich schickt sie gleich zu ihrer Mutter, sie soll sofort kommen. Sie kam auch bald und fragte was los sei. Ich erklärte ihr um was es geht, sie sagte: „Ich bin sofort für sie da, ich habe in der Firma schon gekündigt, aber ob die mich gehen lassen?" Ich rief in der Firma an und verlangte den Chef, wir waren gut bekannt miteinander, er zeigte gleich Verständnis für meine Lage, er würde Frau Krass gleich gehen lassen, er wollte seine Raumpflege sowieso einer Firma übergeben. Also war dies geklärt, ihre zweite Putzstelle konnte sie gleich abbrechen, so konnte sie gleich bei mir anfangen. Ich sagte ihr, sowie das mit der Familie Sauer geregelt ist, könnte sie umziehen. Caroline wollte es erst nicht glauben, doch dann war sie sehr erfreut darüber. Jetzt hatte ich zwei Tote und ein kleines Kind, was mir normal nicht gehört. Ein Sechser im Lotto wäre mir lieber gewesen. Die schwarze Wolke hatte es in sich, die werde ich so schnell nicht vergessen. Als Lisa nach Hause kam, erzählte ich ihr alles, ich musste es einfach los werden. Sie hörte mir zu und fragte dann: „Wenn jetzt Frau Krass hier einzieht, muss ich mir dann eine andere Wohnung suchen?" Ich sah sie an als hätte mich eine Tarantel gestochen und fragte sie: „Willst du mich jetzt allein lassen?" „Nein natürlich nicht, entschuldige die Frage, es ist mir nur so raus gerutscht, natürlich bleibe ich bei dir, es war dumm von mir, entschuldige bitte." Ich sagte: „Du hast mir da einen schönen Schrecken eingejagt." Sie nahm mich in den Arm und meinte, ich würde dich doch nie verlassen. Mir gingen so viele irre Gedanken im Kopf herum, mein Leben hatte jetzt einen total anderen Sinn bekommen, Irene braucht mich. Ich hatte mir meine Zukunft anders vorgestellt, aber nun ist das alles nicht mehr wie es war. Ich bin 23 Jahre alt, Irene ist drei und ich kann sie nicht allein lassen, wie wird es jetzt weiter gehen? Ich nahm mir vor, alles an mich heran kommen zu lassen. Wie sagte Lisa immer, erst mal darüber schlafen. Das tat ich dann auch, ich war total ausgebrannt und müde, so ging ich schlafen. In der Nacht wachte ich auf, mir war eingefallen, dass ja jetzt niemand finanziell für das Kind sorgt, das sollte der Anwalt Herr Klein mal klären, ich bin ja nicht kleinlich, aber mein Opfer ist schon groß genug und dann die ganzen Kosten tragen, das ist nicht drin. Herr Klein lud mich nach einem Anruf von mir zu einem Gespräch ein, da wollten wir darüber reden, wie es weitergeht und dann führte er mich zum Notar. Der Notar, Herr Keller, ein älterer Herr, ließ uns Platz nehmen und klärte uns bzw. mich auf, um was es hier geht. Er verlas den letzten Willen von Frau Sauer, sie musste schon länger geahnt haben, dass sie die Operation nicht überstehen wird. Er las vor: „Ich Frau Sauer verfüge folgendes: Mein Haus und mein dazu gehörendes Grundstück vermache ich meinem Enkel Irene Sauer als Alleinerbin. Mein Sohn hat lebenslanges Wohnrecht, das Haus darf nicht verkauft werden, im Falle einer Änderung soll der oder diejenige, welche das Kind betreut, es vermieten und wirtschaftlich zu Gunsten meines Enkels nutzen. Mein Barvermögen fällt ebenfalls der Irene zu, ebenso die Einnahmen, welche das Haus erbringt. Dies ist mein Testament, es wurde am 2. Juni 1963 von mir bei vollem geistigen Bewusstsein unter der Aufsicht des Notar Herrn Keller gemacht, mit Datum und den entsprechenden Unterschriften versehen, hat es Gültigkeit. Es folgt noch einen Zusatz: Wer das Kind Irene Sauer in Obhut hat, dem dürfen keine Unkosten entstehen. Herr Notar Keller besitzt alle Vollmachten, um hier einen Ausgleich vollziehen zu können." Der Notar fragte mich noch, ob ich einverstanden bin, dass Herr Klein die Vormundschaft über Irene übernimmt, mir war das recht, hatte ich dadurch ihn als Bezugsperson, das war mir viel wert, besser als irgendein Fremder. Jetzt hatte ich nicht nur das Kind, sondern ich muss jetzt wegen jeder finanziellen Kleinigkeit den Herrn Notar bemühen. Ich sprach ihn diesbezüglich an, er meinte, das müssen sie nicht so sehen, ich werde ihnen jeden Monat einen großzügigen Festbetrag überweisen. Die Lage durch den Tod des Vaters ist ja jetzt total anders, so dass wir das so regeln müssen. Damit waren wir entlassen. Mein Anwalt Herr Klein lud mich noch zu einem Kaffee ein, um mit mir noch mal über alles zu reden. Er erklärte mir sämtliche Punkte aus dem Testament nochmal genau und sagte zu mir: „Wenn was ist, kommen sie zu mir, das andere, was mit dem Tod des Herrn Sauer zu tun hat, mache ich für sie. Ich finde es gut, dass sie mit der Vormundschaft einverstanden sind, ich als vereidigter Anwalt kenne die gesamte Lage. Wenn irgendwas ist kommen sie zu mir, ich bin immer für sie da." Herr Klein erklärte mir noch, wie das jetzt in Zukunft laufen soll, die Zuwendungen erfolgen automatisch auf mein Konto, wenn etwas extrem hohe Kosten verursacht, so soll ich mich an ihn wenden. Wie das mit dem Jugendamt wegen einer eventuellen Adoption geht, muss er noch klären, durch das Vermächtnis der toten Frau Sauer dürfte dies keine großen Probleme machen. Ich muss dann zukünftig damit rechnen, dass die Betreuerin vom Jugendamt öfters kommt, um sich über das Wohlergehen des Kindes zu informieren. Freundschaftlich trennten wir uns.

Irene wird am 3. September 1963 drei Jahre alt. War ich froh, dass ich Frau Krass hatte, so hatte ich meinen Kopf wieder frei für meine Arbeit, welche ich in letzter Zeit schwer vernachlässigt hatte. Irene verstand von der ganzen Sache noch nichts, sie fragte wohl ab und zu nach ihrer Oma, ihr klar zu machen, dass die Oma im Himmel ist, ist ein Problem. Eines Tages werde ich es ihr sagen müssen, auch vom Tod ihres Vaters und ihrer Mutter.

Frau Krass war zu uns gezogen, so musste sie nicht mehr am Abend aus dem Haus. Es wurde mal wieder Samstag, ich war schon mehrere Wochen nicht mehr im Club gewesen, also gingen Lisa und ich wieder dorthin. Wie immer, an der Kasse Slip und BH ausziehen und dann rein ins Vergnügen. Ich traf gleich wieder ein paar Bekannte, auch Sabine, sie war zuerst ein wenig zurückhaltend. Doch dann war sie wie ich voller Erwartungen, gemeinsam gingen wir an die Theke, um etwas zu trinken. Eine warme Hand fuhr hinten unter meine Bluse, ich drehte mich um und Herr Richter stand hinter mir. Er lächelte mich an, schnell waren wir in ein Gespräch verwickelt, er sagte mir, sein japanischer Partner wollte, dass er nach Japan kommt, es gäbe da einige Punkte, die sie gern in Japan klären wollen. Er meinte, ich könnte doch da mitkommen als seine Dolmetscherin. Das wäre für mich schon gut, aber das muss ich zu Hause mit Frau Krass besprechen, ich hatte ja noch zwei Wochen Zeit. Er hatte seinen Arm um meine Hüfte gelegt und zog mich mit hinaus in die besagten Räume. Bald hatte uns wieder der Rausch der Sinne in ihren Bann gezogen, es war herrlich, nach so langer Zeit wieder mal gut verwöhnt zu werden, mein Körper war wie ausgehungert nach Liebe. Wir verstanden uns sehr gut, dass er verheiratet ist, störte mich hier wenig. Als wir wieder in den Saal gingen sagte er, dass er nächste Woche wieder zu seinem Haus am See fährt, er würde mich gern mitnehmen, da konnte ich nicht nein sagen. Ich konnte mir jetzt schon wieder mal einen Tag frei nehmen, mal wieder etwas anderes sehen wäre schon gut. Den Abend genossen wir miteinander, es ist wie eine Sucht, wenn man selber keinen Mann hat, es ist schon manchmal trist, man sehnt sich danach und es klappt einfach nicht. So macht man es halt anders, ein Glück, dass ich Lisa habe, eine bessere Freundin gibt es nicht. Sabine war auch den ganzen Abend aktiv, ich werde sie wieder mal zu mir einladen. Sie ist auch noch jung und ohne Anhang, lebenslustig, so richtig gut, um mal seinen Spaß mit ihr zu haben, auch wenn sie Lehrerin ist. Caroline sagte, dass sie bei den Schülern sehr beliebt ist. Am andern Tag kam das erste mal die Dame vom Jugendamt, sie sah sich alles an, machte sich Notizen, sie sah, dass es der Kleinen an nichts fehlt, sie war soweit zufrieden. Sie sagte: „Ich werde sie in nächster Zeit des Öfteren besuchen, bis die Adoption erfolgt ist, danach werden die Besuche in einem größeren Abstand stattfinden." An einem Abend rief mich Erwin Richter an, ob ich morgen mit an den See komme, na klar gehe ich da mit, er würde mich gegen 10 Uhr abholen. Pünktlich stand er da, Frau Krass wusste Bescheid, so konnten wir abfahren. Bald waren wir am See, es war herrliches Wetter, so richtig schön zum faulenzen und sich einen schönen Tag zu machen. Wir waren wieder allein, nackt lief ich zum See hinunter und schwamm erst mal ein gutes Stück, das Wasser war schön frisch, das tut den Lebensgeistern gut. Erwin hatte für uns eine Liege aufgestellt, so konnten wir beide

47

darauf liegen, fantastisch, ihn wieder genießen zu können, seine Aktivität brachte mich ganz schön auf Touren, wieder erlebten wir köstliche Gefühlswallungen, bis der ersehnte Schlussakkord uns von unseren Spannungen erlöste, einfach herrlich. Danach am See sich wieder frisch machen, etwas schöneres gibt es nicht. Mehrfach entspannt fuhren wir am späten Nachmittag wieder nach Hause, es war wieder ein schöner Tag. Frau Krass hatte sich schon gut eingelebt, sie bedankte sich nochmal bei mir, dass sie bei mir sein konnte. Auch Caroline war ganz anders, sie lebte hier richtig auf, sie kam oft zu mir ins Büro, sie wollte immer sehr viel wissen. Ich hatte sie auch so richtig in mein Herz geschlossen, sie war einfach lieb. Auch mit Irene klappte alles gut, sie hatte sich damit abgefunden, dass ich jetzt ihre Mama bin, ich würde sie nie mehr hergeben. Sie wird jetzt drei Jahre alt und ist sehr lebendig.

Dann kam der Tag, wo die Reise nach Japan anstand, fünf Tage waren eingeplant, ich hatte mit Frau Krass soweit alles besprochen, zu Hause wird alles klappen. Zur vereinbarten Zeit holte mich Erwin ab, wir mussten nach München zum Flughafen, von dort ging der Flug ab, wir mussten mit circa 16 Stunden Flugzeit rechnen. An Bord wurden wir freundlich begrüßt, wir nahmen unsere Plätze ein, pünktlich hob der Flieger ab. Ich hatte einen Fensterplatz, so konnte ich den Start und den Flug toll erleben. Es war wunderschön, die Welt mal von oben zu sehen, unter uns die Berge, Länder und Seen, es waren fantastische Anblicke. Als wir die Flughöhe erreicht hatten war alles in Wolken gehüllt, am besten wäre es zu schlafen, aber bei dem Gedröhn wird das schwierig. Nach circa 16 Stunden landeten wir früh am Morgen in Japan, in Tokio. Zuerst ging es ins Hotel, um uns etwas frisch zu machen, dann frühstücken, jetzt konnte der Tag beginnen. Ein firmeneigener Wagen holte uns ab. Im Werk gab es eine herzliche Begrüßung, dann folgte ein kleiner Rundgang durch die Hallen, danach gingen wir gleich zum eigentlichen Thema über. Die Herren waren daran interessiert, die Geschäftsverbindung besser auszubauen, der Markt in Deutschland war im Wachstum und bot somit gute Ausgangspositionen. Wir kamen mit den Verhandlungen gut voran, sie boten uns an, einen Tag in Tokio zu verbringen, um es mal kennen zu lernen, wir nahmen das Angebot gern an. Im Hotel hatten wir zwei Zimmer nebeneinander mit Durchgang, das war für uns günstig. Für unsere Betreuung hatten wir eine Geisha, sehr hübsch und sehr nett, da ich Japanisch konnte, war die Verständigung einfach. Wir verbrachten neben den geschäftlichen Verhandlungen und Vereinbarungen noch ein paar schöne Tage, es gab hier viel zu sehen und zu erleben. Japan ist für uns Europäer fremd mit einer total anderen Kultur, schön und liebenswert. Die Nächte waren für uns relativ kurz, wir nutzten die Zeit und konnten uns ungestört gegenseitig voll genießen. Erwin verstand es gut, eine Frau zu befrieden und glücklich zu machen. Dann kam der Tag des Abschiedes, am Abend ging der Flug zurück nach Deutschland. Ein herzlicher Abschied, der Wagen brachte uns wieder zum Airport, pünktlich stieg die Maschine gen Himmel Richtung Heimat. Nach circa 16 Stunden landeten wir wieder in München, es war schon Nachmittag. Noch eine gute

Stunde mit dem Auto, dann waren wir wieder daheim. Hier herrschte eitel Freude als ich wieder da war. Ich musste natürlich erzählen, wie es in Japan war, die kleine Irene hängte sich an mich, ich muss ihr sehr gefehlt haben. Am Abend machte ich mich über die Post her, es hatte sich einiges angesammelt. Dabei war auch ein Schreiben aus Frankreich, aus Toulouse, sie hatten die Leiche von Erich Sauer verbrannt und die Urne nach Deutschland gesandt. Einige Aufträge waren dabei, gerade richtig, so konnte ich mich wieder voll damit beschäftigen. Lisa kam ziemlich spät nach Hause, es gab eine herzliche Begrüßung, sie meinte erzählen kannst du heute Abend im Bett, jetzt will ich erst was essen. Anschließend tranken wir noch ein Glas Wein, dann gingen wir ins Bett, klar dass Lisa die Nacht bei mir verbrachte. Es war herrlich, wieder ihre Nähe und ihr Verlangen nach so langer Zeit zu genießen und uns aneinander erfreuen. Es war wieder wie in früheren Zeiten, ein Genuss, mit ihr die körperliche Liebe zu spüren und zu erleben. Spät schliefen wir ein, die Spiele mit ihr waren einfach zu schön.

Am nächsten Tag musste ich meinen Anwalt anrufen und die Sache wegen Erich Sauer regeln, er sagte mir, dass er auch so ein Schreiben bekommen hat und dass er die Beisetzung veranlassen wird. Ich hätte damit keine Arbeit, er gibt mir noch den Termin bekannt, falls ich dabei sein möchte. Ich musste mir das sehr überlegen, ob ich dahin gehen wollte. Dann kam der 3. September, Irene wird drei Jahre alt, das wollten wir ein wenig feiern, ist es doch der erste Geburtstag, den sie bei uns erlebt. Frau Krass hatte alles für den Tag vorbereitet, so konnten wir uns gemütlich die guten Sachen schmecken lassen. Am Abend beim Aufräumen waren Frau Krass und ich allein, da fragte ich sie: „Ist es ihnen recht wenn wir uns duzen? Es würde eine Verständigung in vielen Sachen vereinfachen." Sie meinte: „Wenn sie das wünschen mir ist das recht, ich bin Else." „Und ich Karen." An einem Abend kam Sabine zu mir, ich begrüßte sie natürlich freundlich, bei einem Glas Wein sagte sie mir den Grund ihres Besuches. „Der Schuldirektor schickt mich, ich soll dich fragen, ob du an seiner Schule Fremdsprachenunterricht geben könntest. Die dafür zuständige Lehrerin ist ausgefallen, sie bekommt ein Kind, solange müsstest du sie vertreten. Das wären pro Woche zwei mal vier Stunden Unterricht in Englisch und Französisch." Ich musste überlegen ob das geht? Ich als Lehrerin, kann das gut gehen? Sabine meinte, das schaffst du schon, also sagte ich zu, ich sollte deshalb morgen in der Schule vorbeikommen. Wir zwei waren uns wieder näher gerückt, bald lagen wir uns wieder in den Armen, wir gingen zu mir ins Zimmer, um vor Überraschungen sicher zu sein. Sabine blieb die ganze Nacht bei mir, es war wunderschön mit ihr zu spielen und die höchsten Genüsse zu erleben. Sie war warm, weich und sehr zartfühlend, sie duftete angenehm, wir bekamen fast nicht genug von uns, spät schliefen wir ein. Am frühen Morgen ging sie bald aus dem Haus, sie wollte vor der Schule noch in ihre Wohnung. Am Morgen ging ich zur Schule um mit dem Direktor zu reden, zeitmäßig ging das schon bei mir, es musste aber noch einiges geklärt werden. Bald waren wir uns einig, kommende Woche sollte ich dann anfangen, ein wenig Bammel hatte ich schon, wie

51

werden die Schüler reagieren? Am vereinbarten Montag war ich pünktlich zur Stelle. Der Direktor stellte mich kurz der Klasse vor und erklärte ihnen was Sache ist. Er verließ schnell das Klassenzimmer und so war ich allein mit den Schülern. Ich stellte mich nochmal vor, sagte ihnen, wie ich mir den Unterricht vorstelle und dass ich erst mal sehen wollte, wieweit die Schüler mit ihren Englischkenntnissen sind. Ich hatte schnell den Stand der Dinge herausgefunden, dem Lehrplan nach waren sie noch weit zurück. Ich begann auf meine Art, den Unterricht zu gestalten, die Schüler merkten gleich, dass sie noch viel aufzuholen hatten. Mir war schon zu Beginn aufgefallen, dass zwei Schülerinnen etwas beklommen dasaßen, ich ging langsam zu einer von ihnen hin, ängstlich sah sie mich an. Ich fragte sie: „Warum bist du so ängstlich, ich tu ihr doch nichts." Da sagte ein Schüler der neben ihr saß: „Sie ist Linkshänderin." Ich sah sie an, wusste aber erst noch nicht, warum sie so ängstlich tut. Der Schüler klärte mich auf, die Lehrerin sei streng und verbietet ihr mit links zu schreiben. Ich stand erst mal da, ich war erschüttert, dann sprach ich sie an: „Marlies, wenn du mit links schreiben kannst oder wenn es deine Natur ist, dann schreib links und lass dich von niemanden daran hindern, verstehst du. Ich glaube Annemarie hat dasselbe Problem, also schreibt links und ich möchte von euch," ich sah dabei in die Runde „keine Diskriminierung hören. Ich werde euch kurz dazu etwas sagen." Ich erklärte ihnen kurz, warum das so ist, die Natur hat das so gewollt. Ich strich Marlies leicht übers Haar, sie sah mich dankbar an, also konnte ich mit meinem Unterricht beginnen. Zuerst stutzten sie etwas, denn meine Lehrmethode war etwas ungewohnt, aber

52

bald merkten sie, dass es so viel besser war wie vorher, da machten sie begeister mit. Schnell waren die ersten zwei Stunden vorüber. Ich hörte im vorübergehen, dass sie über mich sprachen.

Am anderen Tag war Französisch in einer anderen Klasse angesagt. Ich stellte mich ihnen vor, ebenso meine Vorstellung vom Unterricht. Sie sahen mich neugierig an, ich begann auch gleich zu erforschen, wie hier der Stand des Wissens ist. Auch in dieser Klasse war ein Mädchen dabei, welche mit links schrieb, sie war etwas freier als die beiden in der anderen Klasse. Ich sah ihr kurz zu, sie hatte eine schöne Handschrift, ich sagte ihr das, der Unterricht verlief ganz in meinem Sinne, sie hatten schnell erfasst, um was es geht. Schnell vergingen die Wochen, das Jahr neigte sich dem Ende zu, Weihnachten steht vor der Tür, die Ferien begannen. Ich wünschte den Schülern schöne Weihnachten und einige schöne Ferientage. Sie hatten es alle eilig nach Hause zu kommen. Bei uns liefen die Vorbereitungen auf vollen Touren, Irene erlebt bei uns ihr erstes Weihnachten, Else hatte schon einen Baum besorgt, sie fieberte richtig, ihn zu schmücken und für uns so das Fest vorbereiten zu können. Sie sagte: „Das wird wieder ein Fest für Caroline und mich werden, in den letzten Jahren war es für uns nicht möglich, die Feiertage in Ruhe es zu erleben, überhaupt zu feiern, bei dir hier wird es bestimmt schön." Sie freute sich schon richtig darauf, besonders wegen Caroline. Der Heilige Abend war da, alles war erwartungsvoll, besonders Irene, wusste sie doch nicht, was heute los war. Wir feierten gemeinsam wie eine große Familie. Ich hatte für jeden ein passendes Geschenk, wir betraten gemeinsam das Wohnzimmer, der Baum war toll geschmückt und leuchtete im Kerzenschein, Irene war total von der Rolle, hatte sie so etwas noch nie gesehen? Sie drückte sich an mich, fast ängstlich aber doch hoch erfreut, ich redete ihr gut zu, streichelte sie und zeigte ihr ihre Geschenke. Sie war noch unbeholfen und konnte die Päckchen nicht alleine aufmachen, ich half ihr dabei. Glückselig ergriff sie die Puppe, drückte sie an sich und hielt sie fest, Caroline umschlang ihre Mutter und weinte leise vor Freude, auch sie hatte das erste mal seit vielen Jahren Geschenke bekommen. Lisa brachte auch noch einige Geschenke für alle, es wurde ein wunderschöner Festabend. Spät brachte ich Irene ins Bett, auch Caroline ging schlafen, so saßen wir zu dritt noch da und genossen noch ein Glas Wein. Ich hatte etwas dezent Else beobachtet, seit sie hier bei mir ist, hat sie sich sehr zu ihrem Vorteil geändert, sie war ausgeglichener, zudem hübsch, einfach ein netter Anblick. Dann gingen auch wir schlafen, Lisa kam noch zu mir und meinte, sie möchte heute nicht allein sein. Sie schlüpfte dicht an mich heran und war schnell eingeschlafen. Ich sinnierte noch eine Weile über den Abend und den Verlauf desselben, dann schlief ich auch ein. Der erste Feiertag begann für uns mit einem gemeinsamen Frühstück, Else hatte sich dazu etwas besonderes einfallen lassen, es gab Hawaii-Toast, alles war begeistert. Ich hatte mit ihr eine gute Haushälterin gewonnen, sie überraschte uns immer wieder mit ihren Einfällen. Es machte ihr richtig Spaß, hier frei nach ihrem Willen schalten und walten zu können, besonders an solchen Festen wie an den beiden Feiertagen. Die Tage gingen viel zu schnell vorbei, der graue Alltag holt dich immer wieder ein. Ich konnte meiner Arbeit nachgehen, das war gut, denn ich brauchte mich um nichts kümmern, was das Haus angeht, Else macht einfach alles.

Auch Caroline war, seit sie hier wohnen, viel freier geworden, in der Schule ist sie ja gut, wenn sie zu Hause ist, gibt sie sich viel mit Irene ab, das tut beiden richtig gut. Zwischen den Weihnachtstagen und dem Neuen Jahr musste ich mich mal um das Haus der Familie Sauer kümmern, denn es zeigten vier Ärzte Interesse, das Haus zu mieten, das wäre natürlich vorteilhaft für das Haus und für das Konto von Irene. Einige Möbel mussten aus dem Haus entfernt werden. Diese irgendwo für vielleicht 10 bis 15 Jahren einlagern wären die Kosten nicht wert. Ich sprach mit Herrn Klein darüber, er meinte, man sollte sie verschenken und nur ein paar besonders gute Stücke aufheben. Ich sagte ihm, dass dieselben bei mir Platz finden können. So mussten wir uns jetzt um eventuelle Interessenten kümmern und das sollte bald geschehen. Man müsste auch am Haus außen etwas tun, bevor der Putz schadhaft wird. Eine Firma fand ich bald, welche für die Möbel Verwendung hatte. Das Haus war dann bald ausgeräumt, so dass ein Mieter einziehen konnte. Über die Miete verhandelte Herr Klein, er wusste da besser Bescheid. Wir hatten einiges zu mir bringen lassen, mein Haus war groß genug. Eines Tages rief mich Herr Klein an, ich sollte zu ihm in die Kanzlei kommen. Dort eröffnete er mir, dass die Versicherung einen Betrag in Höhe von 50 000 DM auf das Konto von Irene überwiesen hat, eine Lebensversicherung von Erich Sauer. Es wurde wieder Samstag, ich war schon einige Wochen nicht mehr in den Club gekommen, es wurde wieder mal notwendig. Mein Körper verlangte so richtig danach, wenn ich nur daran dachte, wurde mir ganz anders. Am Freitagabend sprach mich Else an, sie sagte: „Ich weiß, dass ihr in den Club geht, ich war schon so lange nicht mehr unter Leuten, allein traue ich mich da nicht hin, würdet ihr mich mal mitnehmen?" Ich fragte: „Meinst du das ernst? Und hast du entsprechende Kleider dafür?" Sie verneinte, ich nahm sie mit auf mein Zimmer und zeigte ihr so einige Sachen von mir, wir suchten ein paar passende Stücke aus, ich sagte ihr, sie soll das mal anprobieren. Zuerst war sie etwas gehemmt, aber dann tat sie es doch, sie zog sich aus, um diese Sachen anzuziehen, sie hatte eine schöne Figur, köstliche Brüste, sie war hübsch, da hätten die jungen Herren schon ihre Freude dran. In dem kurzen Rock von mir und einer passenden Bluse sah sie toll aus. Ich erklärte ihr, auf was es im Club ankommt, sie pendelte noch, soll sie oder nicht, dann wollte sie doch mit. Ich fragte sie, ob sie geschützt sei bzw. die Pille nimmt, sie sagte, sie sei geschützt, ich gab ihr noch einige Kondome, damit sie nicht den Herren fragen musste, ob er welche hat. Mit Caroline hatten wir abgesprochen, dass wir zum Tanzen gehen und dass sie auf Irene aufpassen sollte. Am Samstagabend fuhren wir los. Im Club wurden wir wie immer freundlich begrüßt, wir zogen Slip und BH aus, gaben ihn ab und dann ging es in den Saal, wir blieben eine Weile zusammen, dann fand Else einen Bekannten und mit dem ging sie zur Bar. Ich konnte noch sehen, dass sie

56

sich gut verstanden und er sie schon streichelte, dann zog mich jemand weg, ich drehte mich um, hinter mir stand Erwin, wir blieben den ganzen Abend zusammen, mit ihm war es wie immer sehr schön. Es waren erfüllte Stunden mit ihm, er konnte einfach perfekt eine Frau glücklich machen. Er sagte beim Abschied: „Wir könnten doch mal ein Hotelzimmer mieten, um auch so mal beisammen zu sein." Ich sagte: „Komm doch einfach zu mir, ich habe separat meine Zimmer, da stört uns kein Mensch. Ich muss dir sagen, dass ich sehr gern mit dir zusammen bin." Das freute ihn, aber jetzt musste er gehen, ich wollte noch etwas da bleiben, denn ich musste ja Else mit nach Hause nehmen. Ich ging noch etwas im Saal umher, da griff mich eine Hand, ich sah mich um, es war mein Freund, der mit mir sein erstes Mal erlebt hatte. Er war ganz schön frech geworden, aber auf die liebe Art, er hielt noch meine Hand, was sollte ich da machen, ich ging mit ihm, diesmal war er toll, er brachte mich ganz schön in Schwung, mein ganzer Körper war ein singen, sein Freund leistete ganze Arbeit. Ich erlebte einen Orgasmus wie selten, ich war hin und weg, so etwas wünscht sich sicher jede Frau. Wir wuschen uns ab, da ging bei mir das Licht aus, gierig nahm ich seinen Freund in den Mund und streichelte ihn mit der Zunge, bis er wieder groß und stark war. Er drückte meinen Kopf an seinen Bauch und schob ihn mir fast bis in den Hals, dann zuckte er, stöhnte und spritzte mir seinen Samen voll in den Mund, er schmeckte herrlich, es gribbelte leicht auf der Zunge, es war aber nicht unangenehm. Ich dachte noch hinterher, war ich verrückt, aber schön war's. Er stand noch da mit einem verklärten Gesicht, ihm hatte es sehr gut getan. Wir küssten uns und blieben noch eine Weile zusammen, ich spielte mit seinem Hoden, strich ihm an den Innenseiten seiner Schenkel, leckte mit der Zunge an seiner Eichel, da kam er wieder zu Kräften und bald stand er wieder da. Ich konnte es kaum erwarten, ihn wieder in mir zu spüren, zu schön war einfach das Spiel, wenn man so richtig aufgedreht ist. Mit einer wunderschönen gefühlvollen Entspannung entluden sich unsere Körper, die Sinne waren bis zum zerreißen gespannt, da tat es gut, so einen Abschluss zu erleben. Wir reinigten uns, zogen uns an und gingen in den Saal an die Bar. Ich hielt Ausschau nach Else, konnte sie aber momentan nicht sehen. Nach einer geraumen Zeit stand sie auf einmal neben mir, sie lächelte ganz verklärt, sie muss etwas Schönes erlebt haben, so hoffe ich. Sie flüstere mir ins Ohr, es war wunderschön heute Abend einfach schön. Wir sahen uns an und mussten lachen, die Situation war einfach zu komisch. Es war spät, also rüsteten wir uns zur Heimfahrt. Zu Hause saßen wir noch etwas auf dem Sofa, da sagte sie zu mir: „Danke, dass du mich mitgenommen hast, allein wäre ich wahrscheinlich nicht dahin gegangen." Dann küsste sie mich auf einmal, aber wie, verlangend und sehnsüchtig, wie ich das von Lisa und Sabine kannte. Ihre Hand nahm die meine und führte sie unter ihren Rock zu ihrem Schenkel, sie fühlte sich sehr gut an, sanft drückte ich ihn, dann war es um uns geschehen. Unsere Röcke lagen am Boden und wir uns in den Armen, sie suchte gierig meine Muschi um sie mit ihrer Zunge zu verwöhnen, ich versuchte dasselbe bei ihr und es dauerte nicht lange und wir wurden von unseren Gefühlen überrannt. Sie verstand es gut, es war

58

bestimmt nicht das erste mal dass sie das tat, unsere Körper bebten, wir stöhnten leise und dann ergossen sich wollüstig unsere Muschis, es schmeckte wie bei den anderen extrem gut. Wir leckten uns bis die herrlichen Zuckungen nachließen und kein Saft mehr kam, zärtlich lagen wir uns in den Armen und küssten uns, als sich unsere Sinne wieder beruhigt hatten, gingen wir schlafen.

 Am anderen Morgen, Else hatte schon den Frühstückstisch gedeckt, wirkte sie etwas zurückhaltend, ich nahm sie in den Arm und küsste sie, da sah sie mich an und sagte: „Ich dachte zuerst, dass das Gestern für dich vielleicht nur eine Episode war." Ich gab ihr noch einen Kuss und sagte ihr, es war schon echt gut mit uns zwei. Die Zeit verging, an unserem Leben hatte sich nichts wesentliches verändert, unsere Besuche im Club gehörten mit dazu, auch unsere Beziehungen zu einander wurden intensiver und inniger. Wir vier Frauen vertrugen uns hervorragend, die Kinder gerieten gut und so wurde es wieder Weihnachten. Wir verbrachten die Feiertage wieder in engeren Kreis, ich hatte noch Sabine eingeladen, damit sie nicht so allein ist, so war alles schön gemütlich. Jeder bekam einige Geschenke, alles war zufrieden. Die Feiertage waren schnell vergangen, Silvester kam und damit das Neue Jahr 1966. Wir hoffen, dass es wieder ein gutes Jahr wird. Irene wird dieses Jahr sechs Jahre alt, ab und zu stellt sie noch Fragen nach dem Verbleib von Oma und Papa, ich hatte sie mal mit auf den Friedhof genommen und ihr die Gräber ihrer Eltern und das der Oma gezeigt, sie hatte sich fest an mich geklammert, als wenn sie Angst hätte.

Verstand sie schon, was das für sie bedeutet? Ich war immer bemüht, ihr das so leicht wie möglich verständlich zu machen, aber mit fünf Jahren begreift man das eben noch nicht. Sie bekam von mir meine ganze Liebe, das spürte sie. Sie entwickelte sich prächtig, im nächsten Jahr wird sie dann zur Schule müssen, jetzt hatte ich sie in einem Kindergarten angemeldet, damit sie sich an viele Kinder gewöhnen kann, das tat ihr richtig gut. Caroline fragte mich mal: „Was hast du mit meiner Mama gemacht? Sie ist jetzt ganz anders, sie ist richtig lieb und nett zu mir, mit ihr kann ich jetzt reden und kann mich auch mal an sie kuscheln. Ich glaube sie mag mich erst jetzt richtig." Ich nahm sie wie immer in den Arm und sagte: „Weißt du, deiner Mama gefällt es hier bei uns gut und mit der Zeit löst sie sich von ihrem alten Leben, von ihrem Mann, deinem Vater, sie hat quasi ein neues Leben angefangen und du gehörst dazu, das ist ihr jetzt wichtig." Sie drückte sich an mich und sagte: „Das hat sie dir zu verdanken, du bist schon lieb." So ging unser Leben weiter, jeder bekam das was er sich wünscht, wir Frauen verstanden uns sehr gut, oft waren wir zusammen, es waren immer herrliche Spiele. Es war Sommer, Erwin war oft Gast bei mir, er lud mich ein, wieder an den See mit zu gehen, ich fragte ihn, ob ich die beiden Kinder mitbringen kann, er war gleich einverstanden, so fuhren wir an den See. Wir zogen uns aus, Irene sprang gleich zum Wasser, Caroline war noch etwas zurückhaltend, doch dann lief sie auch nackt herum, es ist einfach schön sie so springen zu sehen. Schöne Kinder, ein toller Anblick. Als sie Erwin nackt sahen, blickte Caroline erst zur Seite, doch dann war die Scheu überwunden, wir hatten noch viel Spaß an dem

Tag. Erwin kam dabei nicht zu kurz, wenn die beiden am Wasser waren, gab es Gelegenheit genug. Wir nahmen uns vor, dies diesen Sommer öfters zu machen. Die Kinder blühten dabei richtig auf, sich nackt und frei bewegen ist herrlich.

Die Zeit verlief, der Sommer neigte sich dem Ende zu, wir kamen jetzt weniger in den Club, Lisa traf ihre Herren jetzt Privat, was die Sache viel schöner macht, meinte sie. „Demnächst werden es vier Herren sein, da brauche ich noch eine Dame dazu." Ich sagte: „Frag doch mal Else, das wäre das richtige für sie, sie ist schön, gut gebaut und macht alles mit." Lisa sprach mit ihr und erklärte ihr, worauf es ankommt, sie überlegte kurz und meinte, wenn Karen nichts dagegen hat, mache ich mit. Natürlich hatte ich nichts dagegen, denn im Club war es für uns nicht mehr so das richtige, die Jungen wollten uns nicht mehr so, bei den etwas älteren Herren war das besser. Die Generationen wechseln schnell und die Ansprüche werden anders. Ich kam immer noch auf meine Kosten, mit Erwin kam ich gut zurecht, etwas anderes gab es auch noch. Sabine gehörte jetzt schon fast zur Familie, sie bekam wie ich auch keinen Mann, da fragt man sich, warum nicht? Irgendwie klappt es einfach nicht. Soweit hatte ich alles in den Griff bekommen, meine Arbeit nahm mich oft sehr in Anspruch, dann die Irene, das ganze drum herum, zwei Häuser und ein ziemlich großes Erbe der Irene verwalten, nahm mich ganz schön in die Mangel. Das Haus der Frau Sauer war gut vermietet an einen Arzt, da gab es kaum Sorgen, den Garten und die Gräber ließ ich von einem Gärtner pflegen, ich würde das nie schaffen.

Für meinen Garten ums Haus hatte ich einen rüstigen
Rentner, der machte das gut und gern, so konnte ich
mich hauptsächlich um meine Arbeit kümmern. Ich hatte
in der Zwischenzeit noch Arabisch gelernt, da gab es
viele Aufträge, die deutsche Wirtschaft war extrem stark
im Aufbau begriffen. Lisa und Else waren mit ihrem
Abendvergnügen zweimal in der Woche im Einsatz, es
machte ihnen Spaß, Spielzeug der Herren zu sein, es
sind auch zwei Appetitshappen. Ich traf mich oft mit
Sabine, ab und zu gingen wir noch mal in den Club, es
war schon noch schön, aber es wurde immer fremder.
Der Inhaber meinte mal zu uns: „Wenn sie etwas
besseres wollen, ich habe da eine Adresse. Ein Freund
von mir hat einen Salon aufgemacht, das wär für sie
bestimmt das richtige. Ich werde sie mal anmelden, dann
gibt es keine Probleme." Er gab uns die Adresse,
machte einen Abend für uns aus und meinte dazu: „Es
ist sehr seriös, kein Nepp oder ähnliches." Wir waren
neugierig und gingen mal dahin, ein herrlich
eingerichtetes Ambiente, so richtig zum Wohlfühlen, mit
Sauna, Bad und sonstigem, dazu ein erstklassiges
Publikum. Reifere Herren und Damen, das gefiel uns
gut, bald war eine Bekanntschaft geschlossen, das erste
mal wollten wir uns erst mal in die Gesellschaft rein
tasten, aber es ging schneller als erwartet. Bald war jede
von uns mit einem Herrn in einer Loge, da konnte man
das Glück so richtig genießen. Ich war mit einem älteren
Herrn zusammen, er war sehr zartfühlend, er verstand
es gut mit einer Frau umzugehen. Bald waren wir im
siebten Himmel, sehr schön, das zu erleben. An diesem
Abend wurde ich noch von zwei weiteren Herren in
Anspruch genommen, es war wunderschön. Viel zu

schnell war der Abend vergangen, nach einer Weile kam auch Sabine und wir konnten nach Hause fahren. Sie erzählte, dass sie mit vier Männern Bekanntschaft gemacht hat, es war herrlich, meinte sie, da gehen wir öfter hin, sie hatte richtig Feuer gefangen. Sie blieb die Nacht noch bei mir, schön sie im Arm zu haben, bald waren wir wieder mit uns beschäftigt, unsere Körper verlangten einfach nach den herrlichen Spielen. Wir lagen eng umschlungen aneinander und unsere Zungen suchten die Muschi der anderen, der entspannende Höhepunkt war bei beiden schnell erreicht. Es war wunderschön, diese Wolllustgefühle über sich ergehen zu lassen, wir bekamen einfach nicht genug von uns. Leicht ermattet wuschen wir unsere Liebesspalten und dann ging es ins Bett.

So vergingen Wochen und Monate, es war wieder September, Irene wird sechs Jahre alt, sie freut sich jetzt schon auf die Schule. Caroline entwickelte sich prächtig, sie war kräftiger und größer geworden, ein schönes junges Mädchen, der ganze Stolz der Mama, sie ist 13 geworden, klar, dass da die Jungs schon hinterher sahen. Bald war es wieder Weihnachten, dann der Jahreswechsel, wir schreiben jetzt 1967, wird es wieder so ein ereignisreiches Jahr werden? Im Frühjahr muss Irene zur Schule, die Anmeldung haben wir schon erhalten, nach den Osterferien geht es los. Sie hat im letzten Jahr im Kindergarten viel gelernt, so wird ihr der Übergang zur Schule nicht schwerfallen. Der erste Schultag für Irene kam, mit Schultasche und der unvermeidlichen Schultüte ging es los. Zuerst die Begrüßung der Lehrerin, dann konnten wir Eltern gehen, für die Kinder fing jetzt der Ernst des Lebens an. Als Irene nach Hause kam, musste sie erst alles erzählen, was sie in der Schule erlebt hatte. Durch die Zeit im Kindergarten ist sie ganz schön lebendig geworden, das war ihr jetzt in der Schule von nutzen. So ging die Zeit dahin, Irene entwickelte sich gut in der Schule, da gab es keine Probleme. Vier Jahre sind vergangen, Irene beendete ihr viertes Schuljahr, sie war sehr gut, der Lehrer riet mir, dass sie in die höhere Schule gehen sollte, das machten wir dann auch. Sie war jetzt 10 Jahre alt, war groß und gut gewachsen, sie wird mal eine hübsche Frau werden. Wir waren in all den Jahren immer wieder mal auf dem Friedhof um die Gräber zu besuchen. Eines Tages, nach so einem Besuch, fragte sie mich: „Mama, du bist doch nicht meine leibliche Mutter, warum ist das so?" Hatte sie noch nicht verstanden, dass ihre Eltern tot sind? Ich sagte zu ihr: „Setz dich mal neben mich, ich werde dir etwas erzählen, du musst aber tapfer sein. Du bist zwar noch zu jung, ich wollte damit warten bis du 14 bist, aber wenn du es jetzt wissen willst, dann sage ich dir das." Dann erzählte ich ihr die ganze Geschichte, als ich geendet hatte, sagte ich: „So, nun weißt du alles." Sie weinte, ich hatte sie im Arm, wie soll ich sie jetzt trösten? Nach einer Weile sah sie mich an und fragte: „Würdest du mich noch in ein Heim geben?" Ich drückte sie an mich, ich war selbst den Tränen nahe und sagte: „Natürlich gebe ich dich nicht in ein Heim, du bist doch mein Kind. Ich werde dich doch nicht allein lassen, wenn du mal 18 bist und du willst weg von mir, ist das anders, aber ich gebe dich nicht mehr her." Als sie sich etwas beruhigt hatte sagte sie: „Ich möchte bei dir bleiben, du bist eine gute Mama." Unser Zusammenleben ist seither noch besser geworden, sie hat jetzt doch mehr Verständnis.

Was für ein Tag, die ganze alte Zeit kam zurück, auch die schwarze Wolke. An sie habe ich oft gedacht. Gut dass Sabine noch kam, so konnte ich etwas abschalten, sonst hätte ich den ganzen Abend über das nachgedacht. Ich erzählte ihr von meinem Gespräch mit Irene, sie sagte: „Gut dass du es ihr gesagt hast, jetzt bist du es los, sie ist zwar noch jung aber sie wird es verstehen. Komm lass uns heute in den Salon gehen, ich brauche etwas Abwechslung." Ich sah sie an und sagte: „Du hast recht, gehen wir." Es wurde ein fantastischer Abend, wir wurden von den Männern regelrecht verwöhnt, das gefiel uns sehr. Fünf Männer an dem Abend, jeder gab sein bestes und alle waren gut, mein Gefühlsleben wurde wieder in die richtige Stimmung gebracht, einfach köstlich. Was wohl Sabine macht? Ich lernte an diesem Abend die Frau von Erwin Richter kennen, sie wusste natürlich nichts von mir, wir verstanden uns gut, sie war für ihr Alter noch sehr hübsch, etwas füllig, aber es stand ihr gut. Ich hatte schon oft überlegt, ob ich mit so einer Frau mal meinen Spaß haben sollte und ob sie gut sind. Hier in diesem Kreis kann man einfach nichts anderes denken, appetitliche Männer und Frauen, da muss man doch in so eine Stimmung kommen. Frau Richter fragte mich: „Würde mir so ein Minirock bei meiner Fülle auch stehen?" Ich sagte: „Es käme auf einen Versuch an." Sie hatte einen Rock an der bis unter das Knie ging, ich hob ihn etwas an und ein paar hübsche Beine kamen zum

Vorschein. Ich fragte: „Soll ich ihn einmal hochstecken, dann sehen sie, ob ihnen das steht." Sie wollte es, es war schwierig so viel Stoff nach innen unterzubringen, aber es ging. Es machte sie unten herum noch etwas molliger, aber es sah gut aus, sie war hingerissen. Sie meinte noch, nimm eine Schere und schneide das weg, einnähen kann man das immer noch. Also schnitt ich das was zu viel war weg, das sah dann toll aus, so kamen ihre vollen Kurven so richtig zur Geltung. Ich hatte sie dabei an ihren Schenkeln gestreift, sie waren schön fest und ihr schien das zu gefallen, sie stellte sich vor einen Spiegel, um sich zu betrachten, hob den Rock leicht nach oben und legte damit ihre hinteren Rundungen frei. Ich konnte nicht anders und streichelte sie in dem Bereich, sie brummte leise vor Wonne, ich merkte dass auch sie keinen Slip anhatte, das war schön. Ich sagte: „Komm wir gehen einen trinken." Wir holten uns an der Bar einen Drink und sie zog mich mit in eine Loge, sie meinte, da sind wir ein wenig allein. Wir saßen beieinander und redeten über dieses und jenes, da legte sie meine Hand auf ihr Knie, es war schön rund, ich konnte mich nicht mehr beherrschen und fuhr mit meiner Hand unter ihren Rock und nach oben zu ihrer Liebesgrotte. Sie hatte die Augen geschlossen und atmete schwer, ihre Muschi war total nass, sie öffnete ihren Rock und ließ ihn zu Boden fallen, sie streckte mir ihre süße Muschi entgegen, ich konnte nicht anders, ich musste es einfach tun. Ich fuhr mit meiner Zunge durch ihre Furche, leckte ihren Kitzler, sie stöhnte, streckte sich und ich schmeckte, dass es ihr gekommen war. Ich hatte gar nicht lange gebraucht, sie war geil und gierig, ihr Mösensaft schmeckte gut und ich leckte bis nichts mehr kam. Sie hatte meinen Kopf zu sich gedrückt, damit ich richtig ran kam. Jetzt wusste ich mit einen mal, sie brauchte keinen Mann, sie braucht eine Freundin. Ich blickte nach draußen, da kam gerade Sabine vorbei, ich rief sie zu uns, jetzt waren wir zu dritt. Sabine sah Hannelore Richter so liegen, appetitlich streckte sie ihren Unterleib her, da war es auch um Sabine geschehen. Sie kniete vor Hannelore nieder und leckte ihr ihre süße Muschi, bis auch sie ihren Mösensaft schlürfen konnte, Hannelore war es wieder gekommen, verrückt, wenn Frauen so geil sind wie wir, sie kennen da kein Tabu mehr. Nach einer Weile wollten wir gehen, da sagte Hannelore: „Bleibt doch noch, wir können doch noch ein wenig Spaß zusammen haben." Also blieben wir noch hier. Hannelore machte mir den Rock auf, sie wollte mich nackt sehen, sie fasste mich an meine vor Wollust schäumende Muschi, ich legte mich hin, sie spreizte mir die Beine und leckte mir meine Muschi. Ich merkte, dass sie das kann, ich hörte die Engel singen, sie saugte mir fast meine Muschi weg, das waren Gefühle. Dann kam es mir, ich glaubte ich laufe aus, sie leckte bis nichts mehr kam, es war herrlich, gleichzeitig spielte sie Sabine an ihrer Muschi herum, da brauchte es nicht viel und auch Sabine kam es, das war schon ein toller Spaß. Als wir uns dann trennten lud sie uns ein, mal an das Haus am See zu kommen, dort wären wir ungestört, wir nahmen die Einladung an, neugierig, was sich da wohl ergeben wird. Sie beschrieb uns den Weg den ich schon kannte und machte einen Termin aus. Für diesen Abend hatten wir mal genug, wir fuhren nach Hause und legten uns gleich schlafen.

Am vereinbarten Tag fuhren wir an den See. Hannelore war schon da, sie lief bereits nackt herum, trotz ihrer Fülle war sie ganz ansehnlich. Ihre Kurven waren schön voll und fest, schnell zogen auch wir uns aus und legten uns zu ihr auf die Terrasse. Ihre und unsere Hände waren fleißig, jede streichelte jede, wir waren schon wieder geil, bald lagen wir uns zwischen den Schenkeln, Hannelore war schön warm und weich, sie roch angenehm, da machte es richtig Spaß. Sabine kniete vor sie hin und leckte ihre süße vollfleischige Muschi, Hannelore stöhnte und bekam gar nicht genug, sie drückte den Kopf von Sabine an ihre weit geöffnete Spalte. Dann kam ihr es Hannelore, sie bäumte sich auf und fiel wieder zurück, einfach ein herrliches Spiel. Dann legte sich Sabine hin, ich legte mich über sie und leckte ihre vor Wollust schäumende Grotte, es dauerte nicht lange, da merkte ich wie sie sich straffte und unter spitzen Schreien kam es ihr, ich leckte sie bis sie sauber war, es schmeckt einfach zu schön. Ich stand noch da, da legte sich Hannelore hin und ich sollte mich so setzen, dass sie meine Muschi von unten lecken konnte. Sie nahm meine hinteren Rundungen in ihre Hände und zog mich so hin, wie es am besten ist, dass sie gut an meine Spalte hinkam. Sabine streichelte mir meine Brüste, das machte die Sache noch delikater. Mir kam es mit einer Wucht, ich drückte Hannelore meinen Unterleib entgegen, um nur ja die Gefühle voll auszukosten, war das schön, total erschlafft machten wir erst mal eine Trinkpause. So verbrachten wir den ganzen Nachmittag, es waren herrliche Gefühlserlebnisse, etwas müde aber glücklich verabschiedeten wir uns, sie lud uns ein, es mal zu wiederholen, was uns recht war. Jetzt ging es erst mal nach Hause. Mir fiel ein, dass wir nicht einmal zum Schwimmen und zum Essen gekommen sind. Zuerst gingen wir unter die Dusche, dann aßen wir etwas und dann gingen wir ins Bett. Sabine schlief bei mir, jetzt wollte keine alleine sein. Am anderen Morgen beim Frühstück fragte mich Sabine: „Was hast du heute vor? Ich würde gerne mal wieder in die Stadt gehen, etwas bummeln und verschieden Sachen einkaufen." Klar dass ich da mitgehe, ich könnte auch einige Sachen brauchen. Ich sagte Else Bescheid, sie meinte geh nur und viel Spaß dabei. Gegen 10 Uhr gingen wir los, wir schlenderten die Hauptstraße entlang, blieben in einer Boutique hängen, ich kannte die Besitzerin schon länger, wir ließen uns zeigen, was sie so zu bieten hat, als Frau hat man immer bestimmte Wünsche. Wir suchten uns einige Sachen aus und zogen dann weiter, die Verführungen in den Läden waren groß, irgendwo gingen wir in ein Lokal um etwas zu essen. Am späten Nachmittag gingen wir ziemlich bepackt nach Hause. Wir hatten einige bestimmte Artikel eingekauft, ich würde gleich das erstandene am Wochenende im Salon anprobieren. Das wird bestimmt von den Herren mit staunen begutachtet, am liebsten würde ich das gleich mal probieren, doch ich musste wieder mal an meine Arbeit denken. Es häuft sich immer gleich etwas zusammen und die meisten wollten ihre Aufträge schnell erledigt haben. Am Abend, ich war mal allein, da ließ ich nochmal die letzte Zeit in Gedanken an mir vorbei ziehen, was hatte sich alles in meinem Leben verändert? War es jetzt besser? Ich weiß es nicht, ich hatte mich jetzt so an meine Rolle gewöhnt, dass ich es vielleicht gar nicht mehr anders will, meine ganze Liebe und Zuneigung investierte ich in Irene, sie ist ein liebes Mädchen, auch sie hatte sich etwas gewandelt, seit sie über ihre Herkunft Bescheid wusste. Da fiel mir ein, ich könnte doch mal mit ihr zum Bummeln und Einkaufen gehen, die Wäsche und Kleider wurden ihr mit der Zeit zu eng, auch neue Schuhe sollte sie haben, sie war jetzt schon etwas Modebewusst, ich werde es ihr morgen vorschlagen. Das nötige Geld dafür hole ich mir bei dem Anwalt, vielleicht könnte ich auch Caroline mitnehmen, wir werden bestimmt viel Spaß miteinander haben.

Lisa und Else waren so auch mit ihrem Leben zufrieden, so sagen sie, Lisa hatte ihren Beruf und Else hatte bei mir freie Hand, ich habe es noch nie bereut, dass ich sie zu mir genommen habe. Zur Abwechslung hatten sie die Schachspielerrunde, von denen wurden sie regelrecht verwöhnt, klar dass ihnen das gefiel. Am anderen Tag rief ich beim Anwalt Klein an und sagte ihm, dass ich Irene komplett neu einkleiden müsste, da sie aus den jetzigen Kleidern demnächst herauswächst. Er sagte mir, dass ich jederzeit zu ihm kommen kann, wenn ich für Irene etwas kaufen muss. Ich ging bei ihm vorbei um mir etwas Geld zu holen, er gab mir gleich 2 000 DM, er fragte noch ob das reicht, ich musste fast lachen, für so viel Geld könnte man einen ganzen Laden kaufen. Ich ging damit nach Hause und wartete, bis die beiden jungen Damen aus der Schule kamen. Ich sagte ihnen was ich vor habe, sie waren gleich damit einverstanden. Also zogen wir los, zuerst in die bekannte Boutique, hier konnten sie sich erst mal etwas aussuchen, da fiel die Wahl natürlich schwer, bei so einem Angebot.

Letztendlich hatten sie dann doch einiges gefunden. Mit ein paar hübschen Kleidern und Unterwäsche verliesen wir die Boutique, jetzt fehlten nur noch neue Schuhe. Also gingen wir weiter in einen Schuhladen, dort dasselbe wieder, das Geplänkel zwischen Caroline und Irene ging weiter. „Welcher ist schöner, der oder der, was meinst du?" fragte mich Irene. Ich riet ihr zu drei Paar, welche nach meinem Geschmack für sie die richtigen wären, für Caroline gab es auch zwei Paar. Voll bepackt und unter viel Gelächter gingen wir noch in ein Cafe, nach so viel Einkaufsstress hatten wir eine Pause verdient, jeder bekam was er wollte, Torte, Kuchen oder ein Eis, es schmeckte einfach gut, was wir uns bestellt hatten. Als wir mal kurz allein waren, fragte mich Caroline: „Karen, ich weiß nicht, ob das meine Mama bezahlen kann." Ich sah sie an und sagte: „Liebe Caroline, du hast schon so viel für mich getan, das kostet für dich doch nichts, nimm es einfach als ein Geschenk von mir." Sie sah mich an und bedankte sich dafür. Ich nahm sie in den Arm, sie ist so lieb, dann kam Irene wieder, nach einer Weile bezahlte ich, dann ging es wieder nach Hause, es war ein schöner Tag. Zu Hause mussten die zwei natürlich gleich ihre Schätze anprobieren, mit viel Gelächter kamen sie sich dabei vor wie Modedamen, sie vertrugen sich wie Schwestern, ich fand dies schön. Am Abend kam noch Sabine vorbei und fragte: „Was machst du heute Abend, gehst du mit in den Salon?" Ich überlegte kurz und willigte ein. In guter Stimmung zogen wir los. Im Salon wurden wir freundlich begrüßt, gute Bekannte waren schon da, so konnte es ein vergnügter Abend werden. Zuerst gingen wir in die Sauna, die heiße Luft tat richtig gut, nach kurzer Zeit

71

kam Erwin Richter herein, er sah mich und fragte: „Wie kommst denn du hierher, gefällt es dir drüben nicht mehr?" Ich sagte ihm was sich so zu getragen hat, er sagte: „So richtig hat es mir da auch nicht mehr gefallen, aber wenn du jetzt hier bist, dann ist das gut." Wir blieben den ganzen Abend zusammen, ich erzählte ihm, dass seine Frau auch hierher kommt, er meinte, das weiß ich, ich sagte ihm auch, dass sie keinen anderen Mann hat, sondern gute Freundinnen. Er lachte und meinte, das hab ich mir schon gedacht. Mittlerweile waren wir uns näher gekommen, seine Hände streichelten mich, in mir lud sich der Akku auf, ich konnte es kaum erwarten, wieder einen Mann in mir zu spüren, also gingen wir in ein Separee. Es war herrlich, seine Gefühle so richtig ausleben zu können, Erwin war schon gut, wir näherten uns fast miteinander dem Höhepunkt, dann erlebten wir wieder eine tolle und befriedigende Entspannung. Wir blieben noch etwas zusammen, wunderschön das zu genießen. Wir trennten uns um uns zu waschen, Erwin lud mich ein, mit ihm an die Bar zu gehen, etwas zu trinken war jetzt schon angebracht. Wir nahmen unsere Getränke mit und gingen wieder in den Raum, hier war es schön ruhig, wir saßen nackt da und die Spannung stieg schon wieder. Erwin saß ziemlich verführerisch da, da kniete ich vor ihn hin, nahm seinen Penis in den Mund und streichelte ihn mit der Zunge, Erwin hatte die Augen zu und genoss dieses Spiel, ich strich mit den Händen über seine Hüften und Lenden, das machte ihn erst richtig scharf, dann streckte er sich, stieß mir seinen Pfahl tief in den Mund und spritzte mir seinen Saft voll rein. Ich war so geil, ich saugte an seinem Süßen bis der letzte Tropfen ausgesaugt war. Er hielt noch eine Weile die Augen geschlossen, um das Erlebte richtig genießen zu können. Ich stand auf und setzte mich auf seinen Schoß, wir tranken etwas, küssten uns ich hatte mich an ihn gelehnt, eine Situation zum Träumen, nach einer Weile kamen wir wieder zu Kräften. Ich spielte mit der Hand an seinem Hoden und seinem Pfahl, langsam bekam er wieder Leben, ich setzte mich auf ihn und führte ihn in mich ein, es ist einfach alles zu schön, kaum zu beschreiben. Wie erlebten an diesem Abend einige Spiele, Erwin war ganz schön standfest, gegen Mitternacht gingen wir uns duschen, um dann nach Hause zu fahren. Erwin setzte mich bei mir ab mit der Frage: „Wann sehen wir uns wieder?" Ich sagte: „Ich ruf dich an, du kannst ja auch mal wieder zu mir kommen." Mit einem <vielleicht> fuhr er davon.

An einem Tag, ich war wieder mal in der Stadt unterwegs, da traf ich einen ehemaligen Studienkollegen, er hieß Harald Kunze, wir begrüßten uns herzlich als alte gute Bekannte, er lud mich in ein Cafe ein, er meinte da kann man sich besser unterhalten. Er erzählte mir, dass er sich nach dem Studium für fünf Jahre nach Kanada verpflichtet hatte, jetzt sei er kurz wieder da und müsste in zwei Monaten wieder nach dort zurück. Er fragte: „Was hast du nach dem Studium gemacht?" Ich sagte: „Ich habe mich auf Fremdsprachen verlegt und arbeite jetzt als selbstständige Dolmetscherin und Übersetzerin." Er fragte: „Würdest du für mich ein paar Schriftstücke übersetzen? Allerdings müssten wir aber zu mir nach Hause gehen, um diese zu holen." Er wohnte in seinem

Elternhaus, welches er vermietet hat. Also gingen wir zu
ihm, einfältig wie ich war, dachte ich mir nichts dabei. Bei
ihm in der Wohnung zeigte er mir diese Schriftstücke,
dabei kamen wir uns ziemlich nahe, er streichelte mich,
während ich die besagten Schreiben las. Normal
müssten jetzt die Alarmglocken läuten, aber ich war so
vertieft in die Schreiben, dass ich zu spät merkte, dass
er anderes vorhatte. Ich wollte eigentlich nicht, aber
dann war da die Neugier auf das was jetzt kommt
stärker, zudem sich bei mir durch sein Streicheln ein
Verlangen bemerkbar machte. Er schien das zu merken,
da wurde er etwas rabiater und ehe ich mich wehren
konnte, hatte er mir schon mein Kleid aufgemacht, so
dass es zu Boden fiel. Seine Hände waren überall, er
streifte mir die Unterwäsche runter, so dass ich nackt
dastand, er nahm mich und legte mich auf eine Liege,
schnell war auch er nackt. Dann legte er sich über mich
und drängte mir seinen Speer in meine schon nasse
Spalte, sein Lümmel war riesig, ich glaubte er würde mir
meine Süße zerreißen. Doch dann, WOW, was für ein
Gefühl als er in mir hin und her fuhr, das ging so eine
ganze Weile, ohne absetzen spritzte er seinen Saft
mehrmals in mich hinein. Wahnsinn, so etwas hatte ich
noch nicht erlebt, hatte er die ganzen fünf Jahre nichts
gehabt? Ich muss sagen, es war herrlich, meine Kleine
musste ganz schön was aushalten. Dann war bei ihm
wahrscheinlich der Dampf raus, er stieg von mir ab und
legte sich abgekämpft hin, ich nahm meine Sachen und
ging ins Bad um mich zu säubern. Sein Schleim lief mir
schon an den Schenkeln hinab, ich duschte mich und
zog mich an, als ich nach draußen kam, war er
eingeschlafen. Ich hinterließ ihm eine Nachricht, nahm

die Schriftsätze mit und ging nach Hause. Meine Kleine tat ganz schön weh, kein richtiger Schmerz, sondern so als wenn sie zu stark beansprucht worden ist, bei so einem Lümmel ist das kein Wunder, aber das verging schnell wieder, schön war es trotzdem. Nach zwei Tagen stand er vor meiner Haustür, er hatte einen Strauß Blumen dabei und ein etwas verlegenes Lächeln, ich lachte ihn an und bat ihn herein. Wir gingen in mein Büro, dort wollte er sich für den Tag entschuldigen, ich sagte: „Das brauchst du nicht, es ist ja nichts passiert, wir hatten guten Spaß zusammen." Er war echt froh, dass ich kein Theater machte. Ich gab ihm seine Schreiben, er legte mir einen beachtlichen Betrag auf meinen Schreibtisch und lud mich zum Essen ein, also gingen wir in ein gutes Lokal zum Essen, es wurde noch ein schöner Abend. Heute Abend war er schon gesitteter, er meinte noch zu dem Tag, er weiß nicht was ihn da geritten hat, es ist halt so passiert. Wir verbrachten noch eine wunderschöne Nacht zusammen, sein Kamerad ließ bei mir immer wieder die Glocken klingen, so etwas erlebt man nicht jeden Tag, herrliche Gefühle durchtobten meinen Körper, daran werde ich bestimmt noch lange denken. Zum Abschied sagte er mir, dass er in ein paar Tagen wieder abfahren muss nach Kanada. Mir blieb eine nette Erinnerung. Wieder zu Hause, legte ich mich gleich schlafen, er hatte mich ganz schön angestrengt, schöne Träume sollten mich im Schlaf begleiten.

Die nächsten Tage waren mit Arbeit gut ausgefüllt, eine größere Firma hatte in China und Saudi Arabien mehrere Aufträge zu bewältigen, ich hatte die Aufgabe erhalten, den erforderlichen Schriftverkehr zu übersetzen, so dass hier die Verbindungen reibungslos verlaufen konnten. Eines Tages, es war im April 1973, erhielt ich von dieser Firma eine Einladung, mit einigen Herren und Damen dreier Geschäftsleitungen als Dolmetscherin nach China und Saudi Arabien mitzufliegen. Ich brauchte nicht lange zu überlegen, natürlich wollte ich mit, zudem das Finanzielle Angebot sehr verlockend war. Schon in drei Tagen sollte es losgehen, also hieß es für mich Koffer packen. Else meinte dazu, pack das am Schopf und flieg mit, ich werde hier schon fertig. Am besagten Abflugtag kam ein werkseigener Wagen und holte mich ab. Der Fahrer holte noch einen Herrn ab, der mit von der Partie war und dann ging es gleich nach München zum Flughafen. Mit mir waren es acht Personen, welche mitflogen, sechs Herren und eine Dame, von einer Firma, wir verstanden uns gleich bestens, es wird bestimmt eine unterhaltsame Reise. Mit von der Partie waren noch sechs Herren und eine Dame von zwei anderen Firmen, sie gehörten alle zu dem Firmen Konsortium. Unser erstes Ziel war Peking, die Hauptstadt von China. Der Flug ging über Bombay, hier hatten wir einen Zwischenaufenthalt, viel Zeit hatten wir hier nicht, dann ging es non Stopp weiter bis Peking. Am Flughafen wurden wir abgeholt und in ein Hotel gebracht, hier wurde nicht gegeizt, alles war pompös eingerichtet, natürlich ein anderer Stil, als bei uns, aber wirklich hervorragend. Jeder bekam eine junge Frau als Gesellschafterin an seine Seite, meine hieß An Jong, sie war sehr hübsch und Intelligent. Wir waren von vorn herein darauf hingewiesen worden, keine Politischen Gespräche mit dem Personal und allgemein zu führen. Wir waren hier, um Geschäfte zu machen, alles andere durfte uns nicht interessieren.

An Jong war immer lustig, wir lachten viel zusammen, ich mochte sie bald richtig gern, sie war immer um mich besorgt. Toll wenn man in so einem Land die Sprache versteht, natürlich ist das anders hier zu sein, als die Sprache nur am Telefon oder im Radio zu hören, für mich war das sehr gut. Unsere Delegation blieb vier Tage hier in Peking, wir besuchten einige Firmen und die Herren konnten einige Verträge abschließen. Am fünften Tag wurden wir mit einem Bus ins Hinterland nach Tatung gefahren, es waren rund 300 Kilometer zu fahren, die Straßen waren nicht gerade die besten, sie wollten dort Betriebe besuchen um auch hier eventuell Abschlüsse zu machen. Wir mussten hier in einem ländlichen Hotel übernachten, im Verhältnis zu Peking war es eher eine Absteige, die Herren fanden dies gar nicht lustig, sie waren vornehmere Hotels gewohnt. Mir machte es nichts aus, ich hatte gleich mit den Leuten hier Kontakt, meine zwei Kolleginnen hielten sich zurück, ihnen war das nicht fein genug. Sie gingen lieber in ihr Zimmer, schade, ich hatte gedacht, dass wir uns etwas näher kämen und miteinander etwas unternehmen können, leider nicht. Für mich wurde es noch ein netter Abend, wenn die Chinesen keine Angst haben mussten, konnten sie ganz schön ausgelassen sein , hier konnte ich so richtig ihre Landessprache vervollständigen. Ich lachte viel mit den Einheimischen, im Laufe des Abends kamen immer mehr, sie tranken ihren Tschum, später sangen sie schwermütige und auch lustige Lieder, für uns fast unverständlich, einige tanzten dazu. Es war schon ein komischer Anblick, besonders die Frauen in ihren farblosen Kutten, einer musste draußen immer aufpassen dass keine Polizeistreife kam, die Angst war überall. Meine Herren und die Damen hatten sich langgelegt, ihnen gefiel diese Art von Unterhaltung nicht, mir machte es Spaß. Wenn ich die gierigen Blicke der Männer sah, wahrscheinlich verglichen sie mich mit ihren Frauen, da konnte man schon verstehen, dass so mancher von einer Romanze mit mir träumte. Die Frauen waren alle im gleichen Stiel, Mode los, grau und fast ärmlich gekleidet, ich war schön buntgekleidet, das gefiel allen. Auch waren sie alle abgearbeitet, ihre Haut ungepflegt, grau im Gesicht und alle dufteten nach Schweiß, aber trotzdem konnten sie ganz schön nett und lustig sein, wir hatten viel Spaß miteinander. Es war etwa zwei Uhr nachts, da löste sich die Gesellschaft auf, in kürzester Zeit waren sie alle weg. Ich legte mich lang, um noch ein paar Stunden zu Schlafen, mit einem Ohr immer zur Tür, man konnte hier dieselben nicht schließen. In dieser Nacht geschah nichts, morgens musste ich kalt duschen, warmes Wasser gab es hier nicht, da wurde man wieder frisch, die Damen und Herren rümpften schwer die Nase, ich konnte mir ein Lachen nicht verkneifen, wie unbeholfen sie sich hier in dieser Umgebung benahmen. Ich war schon beim Frühstück, was man hier so Frühstück nennt, trockene Backwaren, Fladenbrot, dazu gekochtes Fleisch und Käse von Ziegen oder Schafen, es war schon gewohnheitsbedürftig. Aber ich ließ es mir schmecken, ich war schon fast fertig bis die Damen und Herren kamen. Ihre Augen trauten der Sache nicht, aber der Hunger treib es hinein. Ich ging nach draußen, konnte

78

mir ein Lachen nicht unterdrücken, die Hausfrau sah mich ganz komisch an, wusste sie doch nicht warum ich lachte. Schließlich lachte sie einfach mit, ich nahm sie in den Arm, das gefiel ihr, sie duftete zwar stark aber nett war sie, das gefiel mir. Was mir gestern Nacht aufgefallen war, es gab hier kaum jemanden der seine Zähne noch voll besaß, alle hatten Zahnlücken. Dann waren die Herrschaften fertig und die Fahrt konnte wieder weiter gehen. Einige fragten mich, was ich gestern Abend gemacht hätte, da ich nicht auf meinem Zimmer war, Nachtigall ich hör dir trapsen, hatten die vielleicht ein billiges Abenteuer gesucht? Nicht mit mir. Ich sagte ihnen, dass es gestern Abend ganz schön lustig war, es war auch schön, diese einfachen Menschen kennen zu lernen und mal ohne jegliche Sperre mit ihnen zu feiern. Sie sind wohl arm und etwas unterdrückt, aber wehe wenn sie los gelassen, so war es gestern, ich gönnte ihnen, dass sie öfters solche Abende erleben könnten. Ich werde noch lange an diese Leute denken, an ihre liebenswerte Einfachheit.

Wir blieben zwei Tage in Tatung, besuchten einige Betriebe und Baustellen, die Damen und Herren wollten da Geschäfte machen. Ihnen gelangen ein paar Abschlüsse, die Chinesen waren hier noch sehr zurückhaltend, immer wieder mussten sie Rückfragen, ob sie dürfen oder nicht. Dann am dritten Tag fuhren wir weiter, unsere Fahrt ging von Tatung in nördlicher Richtung circa 200 Kilometer nach Huhehot, eine etwas größere Stadt. Hier war die Unterbringung schon etwas besser, aber noch weit von den vornehmen Hotels in Peking entfernt. Wir wurden in ein Werk gefahren und unter Bewachung zeigte man uns die Anlagen, hier wollten sie eine Kraftwerkstation bauen, dazu benötigten sie Turbinen. So eng wie die Orte und Städte gebaut sind, so großzügig waren ihre Fabrikanlagen. Die Besichtigung dauerte vier Stunden, viele Gespräche wurden geführt, dann war man sich einig, diese drei anwesenden Deutschen Firmen sollten gemeinsam die Einrichtung liefern und erstellen, ein lohnender Auftrag für sie. Wir wurden verabschiedet und dann in unser Hotel gefahren, wenn ich da an gestern denke. Das Essen heute, man kann sagen, es war sehr gut. Diesmal blieben die Herren und meine Kolleginnen auch erst mal sitzen, sie wollten auch mal sehen was sich heute tut. Zuerst passierte nichts, doch dann gegen 21 Uhr füllte sich der Saal, das Publikum war etwas besser gekleidet, es gab auch eine andere Musik, bald war eine lustige Gesellschaft beieinander. Ihr Tschumm zeigte bald Wirkung, die Leute wurden immer ausgelassener, es wurde getanzt und gelacht, den Herren und den Kolleginnen war das nicht so ganz geheuer, sie zogen sich zurück. Die Kollegin von der anderen Firma wäre bestimmt gern dageblieben, aber die Herren nahmen sie mit, schade. Hier hieß es jetzt für mich aufpassen, die Gesellschaft war lockerer als die von gestern, da grabschte schon mal eine Hand nach mir, ich muss sagen, dass mir das nicht mal unsympathisch war. Auch die Damen waren offener, sie wechselten oft die Tanzpartner, das gab es in Tatung nicht. Ich konnte drei junge Frauen beobachten wie sie ihre Röcke anhoben, so kurz bis übers Knie, es würde ihnen gut stehen. Sie hatten alle drei schöne Beine, sie kicherten dabei, wie junge Mädchen nun mal sind, einige Männer hatten das auch gesehen, ihren Gesten und dem Reden nach gefiel ihnen das Spiel auch. Die Mädchen ließen ihre Röcke wieder fallen, schade, die Männer waren schon etwas enttäuscht, sie hätten vielleicht gern noch etwas mehr gesehen. Aber auch hier musste einer immer draußen stehen und aufpassen, auch hier hatten sie Angst vor der Staatsmacht. Ab und zu holte mich auch einer zum Tanz, das ist natürlich etwas anderes als bei uns, sie waren schon ziemlich zudringlich, als Frau muss man sich da schon wehren. Es fiel mir auf, sie waren einfach nicht so frisch wie wir, einige dufteten ganz schön herb, auch die Frauen, bei denen ist waschen wohl eine Nebensache, oder haben sie nicht die Möglichkeit. Dafür wurde hier viel getrunken und geraucht, ein stinkendes Kraut, man bot mir eine an, aber lieber nichts zu Weihnachten, als so etwas rauchen, ihnen machte es nichts aus, für die Leute gab es nichts besseres. Dann ging es wie in Tatung, gegen zwei Uhr waren auf einmal alle fort. Der Hausherr meinte „Polizeistunde", er hatte sich erst einmal umgesehen, bevor er das sagte. Auch ich begab mich zur Ruhe, hier konnte man die Tür wenigstens mit einem Riegel schließen.

Am anderen Morgen, ich war zuerst auf und dann als erste im Bad. Aber was war das? Es roch muffig, das Wasser war kalt, aber man war dadurch schnell wieder fit. Dann ging ich zum Frühstücken, es entschädigte vieles, es war wirklich gut, es gab viel Fisch, Fleisch und Käse. Nach dem Frühstück trafen wir uns auf Anweisung am Bus. Die eine Kollegin fragte mich, wie es gestern Abend war, ich musste fast lachen, ich erzählte ihr, dass es ganz schön lustig war, die Leute hier sind sehr entgegenkommend, sie freuen sich über jeden Fremden der mit ihnen feiert und man wird sofort integriert. Freundlichkeit ist für sie oberstes Gebot, wenn sie auch nicht viel haben. Sie meinte, sie hätte sich das auch gern angesehen, aber die Herren, sie muss aufpassen dass sie nicht in Misskredit gerät, sie sind alle so pingelig. Hier in Huhehot blieben wir nur eine Nacht, die Damen und Herren waren mit ihren Abschlüssen zufrieden. Ich hätte gern noch einen Abend mit diesen einheimischen Leuten verbracht. Unserer Begleiter sagte, wir fahren heute zuerst nach Kalgan, etwa 350 Kilometer von Huhehot weg. Hier machten wir einen Tag Pause um dort einen Betrieb anzusehen, hier wurden Haushaltsgeräte, in der Hauptsache Töpfe und Pfannen hergestellt. Aber immer noch nach der alten Methode, Gießen und Schmieden, ein mühseliges Geschäft. Anschließend zeigten sie uns einen ihrer Tempel, ein echtes Schmuckstück, zuerst sollte es dann gleich wieder Richtung Peking gehen, doch dann sagte man uns, wir bleiben eine Nacht hier, um am anderen Morgen noch ein anderes Werk anzusehen. Mir war das gerade recht, vielleicht könnte es auch wieder so ein schöner Abend werden, es wurde. Hier trafen schon um 20 Uhr die ersten Gäste ein, alle waren etwas netter und bunter angezogen, zuerst waren sie etwas skeptisch als sie mich sahen, doch als sie merkten dass ich mitspielte, wurden sie zutraulich. Eine von unseren Damen hatte sich davon gestohlen und kam zu mir, ich erklärte ihr, wie das so abläuft und dass sie keine Angst haben braucht. Es wurde ein wunderschöner Abend, wir tanzten viel mit, die Herren ließen uns nicht viel Ruhe, jeder wollte mal mit uns tanzen. Es war ein Riesenspaß bis wir ihre Tänze begriffen, aber sie ließen nicht locker, immer wieder holten sie uns. Ihre Hände wurden mit der Zeit schon ein wenig frech, mir gefiel es, Johanna, so hieß die Dame, schien das nicht so zu gefallen. Ich sagte zu ihr: „Sei nicht so pingelig, wann hat ein Chinese schon mal eine Europäerin im Arm?" Sie sah mich an und dann machte sie mit, so hatten wir und sie ihren Spaß. Wie überall, gegen zwei Uhr verschwand der ganze Spuk. Wir legten uns noch etwas schlafen, Johanna fragte mich, ob sie bei mir schlafen könnte, sonst müsste sie die anderen wecken, mir war es recht. Die Liegen waren breit genug für uns zwei. Sie schlüpfte dicht an mich heran, wollte sie etwas von mir? Sie war ja nett, roch gut, warum nicht. Ich hatte ein weites Nachthemd an, sie hatte eines von mir erhalten, so lagen wir da, da spürte ich wie eine Hand zaghaft zu mir herüber fasste. Zuerst am Bauch, dann an der Brust, sie streichelte meine Knospen, sie wurden fest und mich durchzog ein warmes Gefühl, da langte ich mal zu ihr hin, willig bot sie sich mir dar. Da war es um uns geschehen, wir lagen uns in den Armen und ließen unseren angespannten Gefühlen freien Lauf, es war herrlich, nach so vielen Tagen wieder Lust und Entspannung zu erleben. Johanna war ganz schön temperamentvoll, leicht erschöpft aber glücklich schliefen wir eng umschlungen ein. Ich dachte noch, ist das der Beginn einer neuen Freundschaft? Vielleicht. Am anderen Morgen hieß es einsteigen und man sagte uns: „Wir fahren zuerst über Süenhwa zum Kwanting Stausee, das sind etwa 150 Kilometer, dort schauen wir uns das Kraftwerk an. Anschließend fahren wir dann durch bis Peking, das sind etwa 200 Kilometer, es kann spät werden bis wir dort ankommen." Etwas dagegen sagen wäre zwecklos gewesen, sie hatten ihre Order und da gibt es keine Wiederrede. Gegen 20 Uhr trafen wir dann in Peking ein, wir wurden gleich ins Hotel gebracht, hier war ja alles gut vorbereitet, aber Abendunterhaltung wie an den Vortagen gab es hier nicht. Meine mir zugeteilte Gesellschafterin An Jong begrüßte mich erfreut als wir ankamen, wir hatten uns ja gut verstanden, nur durfte es von der Geschäftsleitung niemand wissen, sie wollten nicht, dass da Freundschaften entstanden. An Jong hing richtig an mir, ich behandelte sie auch gut, sie war sehr nett und da wir keine Sprachprobleme hatten, verstanden wir uns hervorragend. Ich musste ihr erzählen, wie es in Tatung und Huhehot war, sie sei von dort, käme aber nicht mehr dahin. Ein liebes Ding, schade dass sie nicht konnte wie sie wollte. Ich erzählte ihr von den Nächten, wie nett dort die Leute waren und wie gut wir uns verstanden haben, wir lachten viel darüber, aber dann musste ich nach unten zum Speisen, ich sagte ihr, dass sie später wieder kommen soll. Das Essen war einfach Klasse, ein Chinese klimperte etwas auf einem halbverstimmten Klavier, das war es dann. Die Musik konnte man nicht anhören, am liebsten hätte ich ihm gezeigt wie man ein Klavier stimmt und hätte auch selbst gespielt, aber das durften wir nicht, höhere Gewalt. Ich ging somit auf mein Zimmer um noch aufzuschreiben, was unsere Reise für mich so gebracht hat, es gab viele Episoden, wo sich das festhalten auf dem Papier lohnen würde. Bald legte ich mich ins Bett um zu schlafen, da klopfte es leise an meine Tür, ich stand auf und fragte, wer ist da, es war An Jong. Schnell machte ich auf und lies sie herein. Ich sah sie an, sie mich, sie fragte: „Ist es nicht recht dass ich gekommen bin?" Ich nahm sie in den Arm und sagte: „An Jong, es ist sehr schön dass du da bist, ich war nur etwas überrascht." Sie sagte: „Normal darf ich das nicht, aber sie sind immer so nett zu mir, sie sagten doch, ich soll kommen." Ich drückte sie an mich, das schien ihr zu gefallen, sie war warm, weich und roch sehr angenehm, ich fühlte dass sie unter ihrem Kleid nichts anhatte. Ich küsste sie, sie erwiderte es mit einer Intensität die ich nicht erwartet hatte, ich streichelte sie, vorsichtig machte ich ihr Kleid auf, sie hatte die Augen geschlossen und hielt still. Das Kleid fiel herab, sie stand nackt vor mir, mit zwei Griffen fiel auch mein Nachthemd, sie hatte die Augen immer noch geschlossen, ich drückte sie an mich küsste sie und legte sie auf das Bett. Sie ließ alles mit sich geschehen, willig bot sie mir ihren Körper dar, sie hielt die ganze Zeit die Augen geschlossen, ich betrachtete sie, sie war sehr schön, hatte süße kleine Brüste, eine zierliche aber schöne Figur. Ich legte mich zu ihr, küsste ihren Mund, ihren Hals, ihre Brüste und streifte mit den Lippen ihren flachen Bauch, meine Hand streichelte ihre kleine Muschi, sie nahm meine Hand und drückte sie fest auf ihre Süße, sie war heiß und feucht. Da war es um mich geschehen, ich suchte mit meiner Zunge ihre Süße, strich über ihre Kleine und ihren Kitzler, es war wunderschön mit ihr dieses Spiel zu treiben, willig bot sie mir ihren Leib dar. Dann stöhnte sie auf vor Wollust, streckte sich und ich schmeckte, dass es ihr gekommen war. Sie hatte bis jetzt ihre Augen geschlossen gehalten, jetzt sah sie mich an, glücklich und mit einem verlangenden Blick, er machte ihr Gesicht noch hübscher. Wir lagen dicht beisammen, da streichelten ihre zarten Hände meinen Körper, sie küsste mich, meine Brüste und dann glitt sie nach unten, ihre Zunge spielte in meiner Muschi, es war herrlich. Sie hatte eine Technik welche mir noch nicht bekannt war, ich glaubte sie sei mit ihrem Kopf in mir, dann eine Explosion, ich streckte mich, bäumte mich auf, das war ein Orgasmus wie ich ihn mit einer Frau noch nie erlebt hatte. Ich zog sie an mich, als wenn ich sie nie mehr loslassen wollte, sie drückte sich an mich, es war eine innige Berührung, einfach schön. Wir sahen uns an, küssten uns und bald fingen die Feuer wieder an zu lodern, fantastisch, wie sie mich bzw. uns auf Touren brachte. Diesmal lagen wir übereinander, so dass jede die andere vor sich hatte, unsere Zungen leisteten ganze Arbeit, eine Lawine der Gefühle überrannte uns, herrlich, so etwas zu erleben ist himmlisch.

Sie blieb die Nacht bei mir, am frühen Morgen verabschiedete sie sich mit einem heißen Kuss, ein kurzer Blick nach draußen und husch war sie weg. Nach einem guten Frühstück wurden wir in Begleitung von bestimmten Damen und Herren durch Peking gefahren, an festgelegten Punkten konnten wir aussteigen, da wurde uns die Sehenswürdigkeiten erklärt, dann ging es wieder weiter. Peking eine riesige, aber auch sehenswerte Stadt, für Fremde war es unmöglich sich hier allein zurechtzufinden und überall die Staatlichen Aufpasser. So ging das drei Tage, ab und zu wurden dabei auch einige Betriebe besucht und besichtigt, ihnen war es wichtig zu zeigen wie ihre Wirtschaft aufwärts strebt. Hier Freundschaften schließen wäre unmöglich, im Hinterland ist das schon eher möglich. Johanna versuchte oft an meiner Seite zu sein, sie ist ja nett, nur ist das etwas auffällig, ein paar Herren sahen oft zu uns. Ich sagte ihr das, sie meinte, ich muss mich etwas weghalten, einer von denen will etwas von mir, er war schon mal an meiner Zimmertür. Ich verstand. Nach den drei Tagen hieß es dann packen und ab zum Flughafen. Immer und in jedem Fall waren Begleiter dabei. Wir wurden nach Chinesischer Art freundlich und leicht bedrängt verabschiedet. Ich hätte mich noch gern von An Jong verabschiedet, aber ich konnte sie nirgends sehen, sie war schon ein liebes Ding, ich werde wohl noch oft an sie denken, sie vielleicht auch an mich? Türe zu und ab ging es, diesmal flogen wir über Karatschi, hier gab es eine kurze Zwischenlandung, dann ging es weiter nach Mekka und Dschidda in Saudi Arabien. Hier blieben wir nur kurz, dann flogen wir weiter nach El Riad, auch hier wurden noch einige Geschäfte getätigt und mehrere Verträge abgeschlossen, wir blieben hier zwei Tage, die Unterbringung im Hotel war erste Klasse. Aber auch hier gab es keine Alleingänge, immer waren Begleiter dabei, zu unserer Sicherheit hieß es. Als Frau hieß es hier aufpassen, was mir auffiel, Johanna versuchte immer an meiner Seite zu sein, vor wem hatte sie Angst? Sie fragte mich, ob sie wieder bei mir Übernachten kann, ich spürte, dass sie Angst hatte, natürlich durfte sie, hier war für uns das Nachtleben fast tabu. Frauen haben in diesen Ländern Gesellschaftlich kaum Bedeutung. Irgendwie war es für uns unbehaglich und schwer zu verstehen, das Leben hier. Wir deutschen Frauen waren im Geschäftsleben anerkannt, aber sonst ist Zurückhaltung empfehlenswert. Johanna kam heimlich zu mir, ich hatte die Tür unverschlossen gelassen, damit sie gleich rein konnte. Sie bedankte sich bei mir, dass ich ihr half, sie habe kein Vertrauen zu ihren Leuten, sie weiß noch nicht, welcher ihr immer wieder nachstellt. Sie verbrachte deshalb die Nacht bei mir, wir kuschelten uns wieder eng zusammen, die Liegen hier waren nicht so breit wie in China, aber für uns reichten sie. Ich spürte, als sie so neben mir lag, dass sie zitterte, ich streichelte sie um sie zu beruhigen, hatte sie das verkehrt verstanden? Sie wurde mit einem mal zutraulich, mir war das nicht unangenehm, so lagen wir uns wieder in den Armen, ließen unseren Gelüsten freien Lauf, sie verstand das gut, man merkte, dass sie das nicht das erste mal machte. Zufrieden und müde schliefen wir gleich ein. Am nächsten Morgen folgte ein gutes Frühstück, dann noch ein paar Besprechungen, dann flogen wir wieder zurück Richtung Deutschland. Diesmal landeten wir in Frankfurt nach mehrstündigen Flugstunden, es folgte ein kurzer Abschied von den Mitreisenden, Johanna fragte mich, ob wir uns mal treffen können, ich gab ihr meine Karte und sagte ihr, ruf mich an. Die Autos, welche schon am Flughafen warteten, brachten uns wieder nach Nürnberg und Erlangen.

Endlich wieder zu Hause, ich wurde von allen freudig begrüßt, aus China hatte ich für jeden ein kleines Souvenir mitgebracht, viel durften wir ja nicht mitnehmen. Aber für eine kleine Freude reichte es. Irene ging fast nicht mehr von mir weg, sie sagte du hast mir so gefehlt. Ich nahm sie in den Arm, was soll ich da sagen, sie ist ja lieb, seit sie weiß, wer sie ist, hat sie viel an Reife gewonnen und unser Verhältnis ist noch inniger geworden. Auch Caroline und Else freuten sich, dass ich wieder da war. Ich musste natürlich erzählen, wie es in China war, ich sagte ihnen, was es für einen Unterschied zwischen den Städten und Leuten gab, in Peking Pomp und kaum Berührung mit den Menschen, im Hinterland Armut, aber liebe und nette Leute, hier gibt es gleich Kontakte zwischen den Leuten. Ich hatte es als sehr schön empfunden. In der Zwischenzeit war es Juni geworden, wir schrieben das Jahr 1973. In meinem Büro hatte sich während meiner Abwesenheit ganz schön was angesammelt, ich musste jetzt hier unbedingt was tun, viele Briefe aus verschiedenen Ländern lagen zum Übersetzen da, also hieß es, ran an die Arbeit. Nach drei Tagen hatte ich es geschafft, ich war wieder auf dem Laufenden. Ein Brief von Harald aus Kanada war dabei, er bedankte sich noch mal für die schönen Tage, er könnte mich nicht vergessen. Ich werde wohl auch oft an ihn denken. Jetzt konnte ich mal wieder an andere Sachen denken, ich wollte mal wieder einen Abend im Salon genießen. Da meldete sich Johanna und fragte was ich mache, sie möchte wieder mal mit mir reden und zusammen sein. Ich sagte ihr, dass ich heute in meinen Salon gehen wollte, ob sie da mitgehen möchte, sie fragte mich: „Wieso kennst du den Salon, da gehe ich auch öfter hin." Also machten wir aus, uns dort zu treffen. Ich rief bei Sabine an und fragte sie: „Ich gehe heute Abend in den Salon, gehst du mit?" Sie war gleich dabei. Also fuhren wir zusammen in den Salon, wir wurden dort wie immer freundlich begrüßt. Zuerst mal etwas essen und sehen, wer heute alles da ist. Bald hatte ich Johanna entdeckt, ich ging zu ihr hin, sie freute sich sehr, mich zu sehen. Sie sagte, dass sie auf einen

Bekannten wartet, da kam er auch schon, ein stattlicher junger Mann, sie lächelte mir zu und sagte, wenn ich darf, rufe ich dich mal an, natürlich darf sie. Wir saßen in der Sauna, da kam auch Erwin herein, er strahlte als er mich sah, er nahm mich gleich in den Arm und fragte, wie es so in China war. Ich erzählte ihm von den lustigen Abenden bei den armen aber liebenswerten Menschen. In Peking nur streng nach Muster. Die Augen des Staates waren überall. Doch lass das China, jetzt bin ich wieder da. Wir zwei verbrachten wieder einen wunderschönen Abend zusammen, ich hatte mich schon lange nach solchen Zärtlichkeiten gesehnt. Spät fuhren wir nach Hause, Sabine blieb noch den Rest der Nacht bei mir. Am nächsten Morgen folgte ein gemeinsames Frühstück, dann musste sie gehen und ich hatte wieder einige Schriftsätze zum übersetzen vorliegen. Meine Chinesischen Kenntnisse haben sich durch den Besuch dort wesentlich verbessert, auch mein Arabisch war besser geworden, obwohl ich noch im Lernen begriffen bin. Am anderen Tag konnte ich meine Arbeiten an die Auftraggeber als erledigt zurückgeben. Ich bekam von ihnen sehr viel Aufträge, welche mit dem Besuch in China und Arabien zu tun hatten, die gesamten Geschäftsbriefe und die Unterlagen der Planungen liefen alle über meinen Schreibtisch, es war schon ein Vertrauensvolles zusammen arbeiten. Hinzu kamen noch Aufträge von kleineren Firmen, welche ich ebenfalls bewältigen musste, so blieb es nicht aus, das mein Arbeitstag oft 12 bis 14 Stunden aufwies. In letzter Zeit hatte ich mich wenig um Irene kümmern können, Else machte ja ihre Arbeit gut, auch mit den Kindern kam sie gut klar, aber ich sollte mich doch auch mal wieder etwas mehr um Irene kümmern. In der Schule war sie sehr gut, sie wollte wenn sie soweit ist, etwa in einem Jahr aufs Gymnasium gehen, so wie Caroline, die ist jetzt seit einem Jahr bereits dort. Caroline war sehr zielstrebig, sie wusste jetzt schon was sie mal werden will. Irene bekam von mir jegliche Unterstützung wenn sie es benötigte, natürlich wollte ich ihr zu einer guten Zukunft verhelfen.

Nach so vielen Erlebnissen und so viel Arbeit in der letzten Zeit wollte ich mir mal ein paar Tage Urlaub gönnen. Aber alleine, das war nicht so in meinem Sinne, aber wer geht mit? Da fiel mir ein, die Kinder hatten doch noch Pfingstferien, da könnte ich doch mal mit ihnen ein paar Tage wegfahren. Am Abend fragte ich die beiden, was sie davon halten? Sie waren gleich Feuer und Flamme, wir hatten schon lange nichts mehr miteinander unternommen. Also planten wir, wohin es gehen sollte. Beide waren dafür, sie wollten gern mal eine Schiffstour auf der Donau machen, also holten wir uns aus einem Reisebüro Angebote über die Schiffstouren und auch über die Übernachtungsmöglichkeiten. Wir fanden eine Reise für fünf Tage von Passau nach Wien und zurück, es waren dabei schöne Ausflüge und Stadtführungen geplant, als letztes Wien, eine Stadt zum verlieben. Das war was für die zwei, also machte ich einen Termin mit dem Reisebüro, es reichte dann gerade so, das die beiden am Montag zum Schulanfang, am 10. Juni 1975, wieder da waren. Sie machten sich gleich an die Arbeit und packten ihre Koffer, ich riet ihnen, nur das notwendigste mit zu nehmen, ihre Taschen waren dann immer noch groß genug. Else hatte ihnen beim Packen geholfen, sonst wären die Taschen noch größer ausgefallen. Das ganze war für sie ein riesiger Spaß, wenn zwei so junge Mädchen zusammen sind, da wird einfach viel gelacht. Sie waren richtig glücklich, bei uns ging es ihnen natürlich gut, ich und auch Else, wir taten fast alles, um ihnen eine gute Jugend zu bieten. Am anderen Morgen nach dem Frühstück fuhren wir los. Von Erlangen ging es über Nürnberg weiter nach Regensburg, dann vorbei an Straubing und Deggendorf bis Passau. Wir stellten das Auto auf einem vorgegebenen Parkplatz ab, ein Bus brachte uns zum Schiff. Dort wurden wir freundlich empfangen, wir sollten zuerst unsere Kabinen aufsuchen und dann zum Mittagessen in den Speisesaal kommen. Nach dem Essen hatten wir noch circa drei Stunden Zeit bis zur Abfahrt. Wir wollten uns noch etwas die Stadt und den Dom ansehen, bei dem Angebot des Betrachtens verging die Zeit sehr schnell, also mussten wir uns sputen um pünktlich an Bord zu sein. Wir waren nicht die letzten, aber viel Zeit blieb uns nicht, dann hieß es ablegen und Abfahrt. Für die beiden war das ein tolles Erlebnis, mit so einem Schiff auf große Fahrt zu gehen. Ich konnte sie nicht dazu bewegen, mit mir in die Kabine zu gehen, sie wollten alles sehen, es war ja auch wunderschön, die Landschaft an sich vorüber ziehen zu lassen. Am Nachmittag gab es Kaffee und Kuchen auf dem Deck, wir wurden darauf hingewiesen, wenn wir Brücken durchfahren, darf niemand auf dem Deck stehen, denn die Brücken waren sehr niedrig, es besteht dadurch eine große Verletzungsgefahr für den, der dies nicht beachtet. Meine beiden Mädels waren hin und her gerissen, so hatten sie Landschaften und Orte noch nie gesehen, auch die Schleusen, von Passau bis Wien mussten neun Schleusen passiert werden. Es waren Riesenanlagen, sie waren so geräumig, dass mehrere Schiffe zugleich einfahren und abgelassen oder gehoben werden konnten, das waren einzigartige Erlebnisse, sie konnten von all dem nicht genug kriegen. Das Abendessen war wieder große Klasse, dann legten wir in Linz an, meine beiden waren müde, aber sie wollten noch nicht schlafen gehen, das Nachtleben auf dem Schiff lud uns ein. Die Crew sorgte mit einem Bunten Programm bis Mitternacht für gute Stimmung, dann hieß es aber ab ins Bett, ich genehmigte mir an der Bar an Deck noch einen guten Wein, dann ging auch ich schlafen. Für den anderen Morgen ist nach dem Frühstück eine Stadtrundfahrt mit dem Bus geplant, ab Mittag sollte es dann wieder weitergehen bis zum Kloster Melk, das wir uns dann ansehen werden, es ist ein Kleinod unter den Klöstern entlang der Donau. Hier gab es natürlich viel zu sehen, diese Klosteranlage bietet dem Besucher so viel, dass er gar nicht alles an einem Tag betrachten und erleben kann. Die Reiseleitung führte uns durch die gesamten Räume, durch die Kirche und die Bibliotheken, sie erklärten den Besuchern was es zu sehen gab. Den Kopf voll von dem erlebten ging es spät zurück zum Schiff, dasselbe blieb hier vor Anker liegen um dann am anderen Morgen wieder abzulegen. Weiter ging dann die Fahrt vorbei an Dürnstein bis Wien, dort würden wir spät am Abend eintreffen. Nach dem Abendessen sollte es wieder einen unterhaltsamen Bunten Abend geben, mit Musik und Gesang dazu, besonders Russische Tänze und kleine Theaterstücke aus Russland, Ungarn und Slowenien. Das Schiff blieb am Kai liegen, denn am anderen Tag wollten wir an einer Rundfahrt durch Wien teilnehmen. Zuerst kam natürlich die notwendige Nachtruhe. Bei den leisen eintönigen Generatorgeräuschen schlief man schnell ein. Am anderen Morgen nach einem guten Frühstück ging es los. Der Busfahrer zeigte uns die Sehenswürdigkeiten von Wien und er erklärte uns die jeweilige Bedeutung. Auf der Route konnten wir uns den Stephansdom ansehen, ein gigantisches Kirchenbauwerk, zudem waren da noch die vielen anderen Kirchen, Klöster und historische Bauten, man bräuchte mindestens drei Tage um wenigstens den größten Teil anzusehen. Bald mussten wir wieder weiter, wir sollten noch ein paar Stunden in einem Heurigen Lokal erleben, bevor es wieder an Bord des Schiffes geht, müde wie wir waren gingen wir gleich schlafen.

Am anderen Morgen wurden wir durch laute Rufe und Motorengedröhn geweckt, das Schiff wurde klargemacht zum ablegen. Während wir frühstückten schob sich das Schiff in den Fluss um wieder Kurs in Richtung Passau zu nehmen. Das Schiff fuhr durch bis Dürnstein, dort legte es an, damit wir dort eine alte Burgruine und natürlich die Barocke und bekannte Stiftskirche ansehen konnten, beides imposante Bauwerke. Wer den Turm der Kirche erklimmen konnte wurde dafür mit herrlichen Ausblicken belohnt, die Landschaft der Wachau ist einfach wunderschön. Am späten Nachmittag ging es dann weiter, der Kapitän ließ sagen, dass das Schiff bei Kleinpöchtern anlegt, um dort die Nacht zu verbringen. Am Abend gab es wieder ein buntes Programm mit Musik, Gesang und einen HaufenSpaß, kam jeder auf seine Kosten. Es war schon spät als wir uns schlafen legten. Am Morgen des letzten Reisetages legte das Schiff wieder bald ab, diesmal sollte es ohne Halt bis Passau durchfahren. Wir konnten in Ruhe nochmal die schönen Landschaften entlang des Flusses sehen und genießen. Spät am Abend kamen wir dann in Passau an, unser Bus, welcher uns wieder zu unserem Auto bringen sollte, stand schon da. Das Wetter hatte sich etwas verschlechtert, ich wollte weil wir müde waren nicht mehr fahren. Der Parkplatzbetreiber wusste uns eine kleine Pension, wo wir übernachten konnten. Die Dame des Hauses, eine nette Person, richtete uns noch etwas zum Nachtessen, auf dem Schiff hatte es am Abend nichts mehr gegeben. Diese angebotene Hausmannskost war deftig und gut, die zwei gingen bald ins Bett, die Dame und ich tranken noch ein Gläschen Wein und unterhielten uns über die Fahrt. Gegen Mitternacht gingen auch wir schlafen. Der Morgen war grau und es regnete, die Pensionswirtin hatte uns ein gutes Frühstück gerichtet und sagte: „Bleiben sie ruhig noch etwas hier, gegen Mittag wird es dann aufhören zu regnen." So war es dann auch, gegen elf Uhr hörte der Regen auf und wir starteten in Richtung Heimat. Zuvor hatte ich der Frau einen guten Betrag bezahlt, sie wollte es erst nicht annehmen, doch dann bedankte sie sich und meinte, wenn ich mal wieder in die Gegend komme, solle ich bei ihr vorbeikommen. Am späten Nachmittag kamen wir wieder zu Hause in Erlangen an, Else freute sich, dass wir weder heil nach Hause kamen. Natürlich mussten die zwei alles erzählen was sie erlebt hatten, es wurde noch ein lustiger Abend. Die zwei gingen bald ins Bett, denn es hatte sie schon angestrengt, denn auf dem

Schiff hatten wir nicht viel geschlafen, das kam jetzt zum tragen. Am anderen Morgen traute ich meinen Augen nicht, wie viel Post sich in meinem Büro angesammelt hatte, ich machte mich gleich darüber her. Dabei fiel mir ein Brief der Firma Schreiber, Maschinenfabrik Nürnberg – Führt in die Hände, ich öffnete ihn und glaubte zu träumen. Sie luden mich ein, mit ihnen wieder als Dolmetscherin nach China zu fahren. Klar gehe ich da wieder mit, das Angebot war gut, ich meldete mich gleich bei der Firma und entschuldigte mich, dass ich nicht früher geantwortet habe. Der Chef sagte: „Das ist nicht schlimm, wir haben schon mal bei ihnen angerufen, da hat uns ihre Hausdame gesagt, dass sie mit den Kindern etwas Urlaub machen." Wir machten gleich einen Termin für den Flug aus, es sollte am 7. Oktober 1975 losgehen.

Der Ablauf wäre wie beim letzten mal, ich würde wieder vom Auto abgeholt und zum Flughafen gebracht, so weit so gut. Jetzt musste ich erst mal meine weitere Post durchsehen und bearbeiten, dabei waren einige Aufträge für Übersetzungen, die musste ich zuerst machen. Dann fand ich eine Grußkarte aus Canada von Harald Kunze, er schreibt, er müsse oft an mich denken, wünscht mir alles Gute, lieb von ihm. Ich machte mich also zuerst über die Übersetzungen her, in zwei Tagen hatte ich sie fertig und konnte sie den Auftraggebern zurücksenden. Bis zur Reise nach China waren es noch etwa zwei Monate hin, aber ich bereitete mich schon jetzt darauf vor. Ich sprach mit Else darüber, sie sagte: „Mach die keine Sorgen, ich komme schon klar mit den Kindern." Seit die Firma sich gemeldet hatte, musste ich immer

wieder an An Jong denken. Sie war so eine liebe junge
Frau, sie freut sich bestimmt, wenn ich sie wieder
besuche. In den zwei Jahren, hatte sich in der
Chinesischen Republik viel getan, die Leute hatten
etwas mehr Freiheit, der politische Zwang war nicht
mehr so stark, ich wollte mich überraschen lassen. Bei
unseren beiden Kindern lief alles wieder in normalen
Formen, die Schule und ihre Hobbys nahmen sie voll in
Anspruch, von uns bekamen sie jede Unterstützung, um
sich ihren Neigungen und Interessen voll hingeben zu
können. Schnell vergeht die Zeit, ich musste mich bereit
machen für den Abflug nach China. Eines Morgens, es
war der 7. Oktober 1975, stand das Auto vor der Tür
welches mich zum Flughafen bringen sollte. Auf dem
Flughafen erfolgte eine nette Begrüßung mit denen die
ich noch kannte, es waren auch ein paar Neue dabei.
Auch von den anderen Firmen waren wieder einige
Bekannte dabei, auch Johanna, wir hatten uns in letzter
Zeit nicht mehr gesehen. Insgesamt waren wir 18
Personen, für lange Worte war keine Zeit, wir wurden
zum Einsteigen aufgefordert. Unser Gepäck war schon
in der Maschine, so konnte es los gehen. Johanna
konnte mit einem Herrn den Platz tauschen, so dass sie
sich neben mich setzen konnte, so konnten wir uns trotz
des Fluglärmes etwas unterhalten. Einige Passagiere
waren schon eingeschlafen, jetzt würden wir 16 Stunden
in der Luft sein, bis zur Ankunft in Peking. Auch Johanna
und ich versuchten etwas zu schlafen, das monotone
Motorengeräusch lullte uns bald ein. Wir waren wieder
wach, da hieß es, wir müssen einen kleinen Umweg
fliegen, starke Unwetter über der Mongolei und der
Wüste Gobi machten es nötig. Wir flogen zuerst in

Richtung auf die Halbinsel Schantung zu, um Peking von
Süd – Ost anzufliegen. Auch hier war es ziemlich
stürmisch, aber für den Flieger ungefährlich, die
Landung in Peking verlief ganz gut. Wir mussten gleich
in den bereit gestellten Bus einsteigen, sonst hätte uns
der Sturmwind ganz schön zugesetzt. Bald waren wir im
Hotel, unser Gepäck wird uns nachgeliefert hieß es. Ich
ging darum zuerst ins Cafe um etwas zu trinken. Ich saß
an einem kleinen Tisch, da kam An Jong in den Raum,
sie lief an mir vorbei, hatte sie mich nicht erkannt? Ich
sprach sie an, An Jong blieb wie vom Blitz getroffen
stehen, sie drehte sich um, ein Lächeln ging über ihr
Gesicht als sie mich sah, dann fiel sie mir um den Hals.
„Karen du bist wieder da, du bist wieder da, ich habe so
oft an dich gedacht, schön, dass du wieder hier bist,
sehen wir uns heute Abend? Ich freue mich." Klar, ich
nannte ihr meine Zimmernummer, dann musste sie
wieder weiter. Diese Begrüßung war wirklich eine echte
Freude. Ich freute mich ebenfalls schon auf den Abend
mit ihr. Der Tag verlief mit geschäftlichen
Besprechungen und Planungen, die Reiseroute wurde
festgelegt, diesmal soll es mit dem Flugzeug nach
Pautou am Fluss Hwangho gehen, hier wird ein großer
Stausee gebaut, dafür werden Turbinen benötigt. Pantou
ist etwa 800 Kilometer von Peking entfernt, am anderen
Morgen soll es los gehen. Ich musste noch verschiedene
Schriftstücke übersetzen, damit hatte ich den ganzen
Nachmittag Arbeit. Es wurde Essenszeit, Menüs wurden
aufgetragen, da musste einem einfach das Wasser im
Mund zusammen laufen, köstlich und so schmeckte es
auch. Zum Abschluss gab es einen neu kreierten
Chinesischen Wein, der war von der Qualität

hervorragend. Gegen 21Uhr ging ich auf mein Zimmer, ich hatte mich hingelegt, der Tag war anstrengend gewesen, da klopfte es leise an der Tür, schnell öffnete ich und ließ An Jong herein. Wir lagen uns gleich in den Armen, wir küssten uns, dann setzten wir uns erst mal um uns zu unterhalten. An Jong erzählte mir, dass sie vor kurzer Zeit in Tatung bei ihren Verwandten war, seit einem Jahr sind die Reisebeschränkungen aufgehoben worden, so dass sie wieder Reisen können. Sie müssen sich bloß bei der Geschäftsleitung mit dem Reiseziel abmelden, es sei jetzt vieles leichter geworden, sie können sich hier jetzt viel freier bewegen. Ich hatte mir eine Flasche Wein mit aufs Zimmer genommen, so konnten wir erst mal miteinander anstoßen. Es blieb nicht aus, da hatten sich unsere Hände gefunden, An Jong legte meine Hand auf ihr Knie, wir sahen uns an und küssten uns heiß. Sie stand vor mir, schön und verlangend, sie hatte die Augen geschlossen, ich machte ihr das Kleid auf und ließ es zu Boden gleiten, auch meines fiel zu Boden, nackt standen wir zusammen, sie hatte immer noch die Augen zu. Ich sollte die Initiative ergreifen, was ich ja gern tat, ich küsste sie von oben bis unten, sie stöhnte leise, ich legte sie auf mein Bett, so dass ihre hübschen Beine nach unten hingen, dann suchte ich mit meiner Zunge ihre kleine sauber rasierte Muschi. Leicht rosa lag sie vor mir, es war herrlich ihren Kitzler mit meiner Zunge zu verwöhnen, sie bäumte sich leicht auf und unter zucken und stöhnen erlebte sie einen intensiven Orgasmus. Es schmeckte herrlich, da machte sie ihre Augen auf, zog mich an sich, so lagen wir eine kurze Zeit eng aneinander geschmiegt. Sie fing mit ihren zarten Händen

99

an mich zu streicheln und zu küssen, sie saugte an meinen Brustwarzen, es waren wunderbare Gefühle, ihre Zunge fuhr über meinen Bauch bis hin zu meiner Muschi, sie leckte und saugte an meinem Kitzler, ich hätte in die Luft gehen können vor schönen Gefühlen. Mein Körper bäumte sich auf, eine Welle heißer Lust durchzog meinen Leib und dann kam es mir, ich wünschte es würde ewig anhalten, so schön kann Liebe sein. Glücklich lagen wir nebeneinander, An Jong sah mich mit großen Augen an, wir küssten uns heiß und verlangend, unsere Körper waren so angeheizt, verlangten einfach nach liebevoller Betätigung. An Jong legte sich verkehrt auf mich, so dass wir uns gleichzeitig verwöhnen konnten. Es war fantastisch, wie zwei solche Frauenkörper in voller Sinnlichkeit sich diesem Spiel hingeben, bis diese herrliche Entspannung mit einem Orgasmus endet, An Jong schmeckte einfach gut, man könnte ewig ihren Saft schlürfen. Wir saßen leicht erschöpft nebeneinander, ich fragte sie: „Hast du eigentlich keinen Mann?" Sie lächelte und sagte: „Mit einer Frau wie du es bist, ist es viel schöner. Ich will keinen Mann mehr, einer hat mir gereicht. Bei uns ist es anders als bei euch in Europa, wenn du einem Mann gehörst, bist du fast tot. Ich will mein Leben leben und nicht Sklavin eines Mannes sein." Ich streichelte sie, wir verstanden uns einfach gut, An Jong blieb die ganze Nacht bei mir, es ist herrlich, sie neben sich zu haben, sie duftete angenehm, ist warm und anschmiegsam.

Am anderen Morgen, bevor sie ging, sagte sie: „Jetzt brauchen wir keine Angst mehr zu haben, wenn wir mit jemanden Freundschaft schließen, es ist vieles anders geworden. Sehen wir uns wieder, wenn ihr zurückkommt?" Natürlich sehen wir uns wieder, ich werde mich nach ihr sehnen, sie lächelte nochmal, dann war sie weg. Der Morgen, es war der 7. November 1975, fing mit einem fantastischen Frühstück an, anschließend ging es zum Flughafen, wir wurden in eine ältere Propellermaschine verfrachtet, dann ging es los, nach circa zwei Stunden sahen wir die riesige Anlage unter uns liegen. Der Fluss Hwangho befindet sich circa 100 Kilometer von Pautou, in Richtung Westen wird er zu einem See angestaut, hier sollen jetzt Turbinen zur Stromerzeugung geliefert und eingebaut werden. Das Flugfeld von Pautou war nicht so besonders gut, deshalb auch das ältere Flugzeug. Die Landung klappte soweit ganz gut, ein wenig holperig, aber es ging. Wir stiegen aus und wurden von zwei Bauleitern begrüßt, dann ging es mit zwei kleineren Bussen zu der Baustelle. Wir stiegen aus und die Bauleiter erklärten unseren Leuten was geplant ist, an Hand von Plänen konnten sie sich ein Bild von dem machen, wo mal die Turbinen eingesetzt werden sollten. Einige riesige Maschinensäle waren schon fertig, jetzt fehlten nur noch unsere Turbinen, die Besprechung der Pläne war bald abgeschlossen, so dass die Herren an ihre Arbeit gehen konnten. Wir blieben drei Tage in Pautou, das Hotel war soweit ganz gut, nicht vergleichbar mit Peking, aber man konnte es gelten lassen. Ich fragte den Portier an der Information, ob es bei ihnen im Haus auch einen netten Abend gibt, er verneinte, aber nicht weit von hier ist eine Gaststätte mit einer Halle, da ist am Abend immer etwas los. Am liebsten wäre ich ja nach Huhehot gefahren, aber das ist fast 200 Kilometer entfernt, schade. Ich wollte auf alle Fälle in die Gaststätte im Ort gehen, ich hoffe, die Leute hier sind genau so nett wie in Huhehot. Ich fragte Johanna ob sie mit geht, sie wollte schon. Wir trafen uns in meinem Zimmer, von da konnten wir dann ungesehen losziehen. Als wir in die Halle kamen waren schon ein paar Leute da, wir wurden freundlich begrüßt, der Wirt zeigte uns einen Platz, wo wir es etwas ruhiger hatten, dann wollen wir mal sehen was sich tut. Der Saal füllte sich schnell, eine flotte Musik gab es von der Kapelle, bald tanzten einige Paare, auch hier gab es den Tschum, es war schon ein teuflisches Getränk. Wir Europäer wären davon schnell betrunken, den Leuten hier machte es nicht viel aus, sie tranken Unmengen, das machte sich aber bald bemerkbar. Die Stimmung wurde immer ausgelassener, auch wir wurden zum Tanzen aufgefordert, die Tänze waren schon etwas gewöhnungsbedürftig, aber bald hatte ich den Bogen raus, dann ging es gut. Johanna war mit einem mal verschwunden, ich fragte ein paar Leute, wo sie sein könnte, sie lachten und machten ein unmissverständliches Zeichen. Ich drehte noch ein paar Runden mit verschiedenen Männern, mir fiel dabei auf, sie rochen soweit ganz gut, anders als in Huhehot. Wir verstanden uns alle sehr gut, Gastfreundschaft wird hier großgeschrieben. Nach geraumer Zeit war Johanna auf einmal wieder da, sie lächelte verschmitzt, sagte aber nichts. Der Abend wurde noch ganz lustig, gegen zwei Uhr verließen die Leute den Saal, wir natürlich auch, ungesehen kamen wir wieder zu mir ins Zimmer. Ich hatte dem Portier ein schönes Trinkgeld gegeben, er hat mir dafür gesagt, wie wir ungesehen ins Haus rein kommen. Johanna blieb bei mir die paar Stunden, die

Liegen waren sehr breit, so dass wir da gut schlafen konnten. Sie sagte mir noch, der kleine Chinese war süß und gut, dabei lachte sie.

Wir schliefen noch die paar Stunden bis zum Frühstück, da es im Stockwerk nur eine Dusche gab, war ich schon sehr bald auf um die erste zu sein. Es gab warmes Wasser, das war gut, ein gutes Frühstück ließ dann den Tag gut anfangen. Ich musste die ganzen Verträge übersetzen und schreiben, das war eine harte Arbeit, aber es ging gut, ich kam zügig voran. Beim Abendessen meinte einer der Herren, sie würden auch gern mal an so einem lustigen Abend mitmachen, ich sagte ihnen, sie sollen halt auch dahin gehen, im Haus hier war Abends gar nichts los. Ich war gespannt ob sie kommen. Vier der Herren kamen, sie setzten sich an einen Nebentisch und warteten was sich tut. Wir kannten ja den Ablauf, erst waren wir fast allein da, aber nach 20 Uhr füllte sich der Saal, die Musik fing an zu spielen, viele tanzten, der Tschum floss wieder in Strömen, ich konnte nicht verstehen, wie man das Zeug in solchen Mengen trinken kann. Johanna lächelte mich an und dann war sie weg. Keiner der Herren hatte etwas bemerkt, ich wurde oft zum Tanz geholt, ein paar Chinesische Mädchen holten die Herren zum Tanzen, o weh, die stellten sich vielleicht an. Zwei der Herren hatten bald heraus wie es geht, aber die anderen, da half die ganze Intelligenz nichts, die Mädchen hatten mit ihnen einen riesigen Spaß, die Herren hätten auch von dem Tschum trinken sollen. Mit den Chinesen zu tanzen war ja ganz gut, aber einer wollte mir zu nahe kommen, seine Hände waren sehr verlangend, das war nicht mein

Stil, ich musste ihn etwas zurecht weisen, er war ein
wenig beleidigt, aber für mich war es so besser. Er nahm
mir das nicht weiter Übel, es war für mich trotzdem ein
toller Abend, gegen 22 Uhr gingen die Herren an die
Bar, der Tschum mundete ihnen nicht und mit dem
Tanzen hatten sie auch nicht viel im Sinn. Ich genoss es,
mich von den Chinesen verwöhnen zu lassen. Kurz vor
zwei Uhr war auf einmal Johanna wieder da, sie hatte
ganz schöne Schatten um die Augen, der kleine Chinese
musste verdammt gut sein. Sie lächelte verschmitzt, gut
dass unsere Herren schon gegangen waren. Um zwei
Uhr war der Spuk wie immer vorbei, auch Johanna und
ich machten uns auf den Heimweg, wieder zum anderen
Eingang ins Haus, niemand sah uns, Johanna blieb den
Rest der Nacht bei mir. Früh morgens wieder dasselbe
Spiel, früh raus, duschen, dann ein deftiges Frühstück
und ich war für den Tag gerüstet. Diesmal fuhren wir um
den Stausee in Nordöstlicher Richtung bis an den
Beginn der Staumauer. Hier wurden nochmal Pläne und
Standorte der gewünschten Turbinen Stationen
durchgerechnet und besprochen, schließlich sollte ja
alles passen wenn es geliefert und eingebaut wird. Spät
kamen wir wieder in Pautou an, das Abendessen war
wieder sehr gut, dann wollten Johanna und ich in den
Saal gehen. Heute waren schon viele da, ich fragte den
Ober ob etwas Besonderes los ist, er sagte dass eine
Hochzeit gefeiert wird. Er zeigte uns das Pärchen, sie
war klein und zierlich, er war groß und stark, sie passten
aber gut zusammen. Natürlich gratulierten wir den
beiden ganz herzlich, sie freuten sich sehr darüber, ich
schenkte der Braut mein Armband, kein teures Stück,
aber sie war glücklich damit, konnten sie doch bei sich

so etwas nie kaufen. Johanna stellte mir ihren Chinesischen Liebhaber vor, ein netter junger Mann, wenn sie damit glücklich ist, mir soll es recht sein. Ich freute mich schon heute auf ein Wiedersehen mit An Jong. Hier wurde es wieder ein toller Abend, es wurde wie immer viel getanzt und viel getrunken, der gute Tschumm zeigte bald seine Wirkung, sie wollten dass ich mittrinken soll, aber es gelang mir immer wieder auszuweichen. Ein paar musste ich anstandshalber mittrinken, aber es waren nicht viele. Das Hochzeitspaar drehte den letzten Tanz, dann war Schluss, leicht beschwingt gingen auch wir in unser Hotel. Dass Johanna wieder den ganzen Abend weg war, ist mir gar nicht aufgefallen. Der junge Chinese musste schon gut sein, warum nicht, mich hätte es schon auch mal angemacht, aber der richtige war nicht dabei.

Am anderen Morgen nach dem Frühstück wurden wir wieder zum Flughafen gefahren und dann ging es ab nach Peking. Die Maschine rumpelte ganz schön auf dem Schottergelände, man glaubte sie fällt auseinander. Dann kam sie doch frei und schwebte nach oben. Die Motoren dröhnten, für eine Unterhaltung waren sie zu laut, so dösten wir halt so vor uns hin. Nach circa zweieinhalb Stunden setzten wir in Peking zur Landung an, es klappte ganz gut, anders als in Pautou. Man brachte uns ins Hotel, ich ging zuerst in mein Zimmer um mich etwas frisch zu machen, später unten im Hotel sagte man uns, wir könnten ja mal gehen und uns die Stadt bzw. einen Teil davon ansehen, aber nur in Begleitung. Ich hielt Ausschau nach An Jong, mit ihr würde ich etwas spazieren gehen. Es dauerte nicht lange, da kam sie in den Raum und suchte mich. Die Freude war auf beiden Seiten groß, vor allem dass ich mal mit ihr ausgehen konnte, vor zwei Jahren wäre das unmöglich gewesen. Wir hatten uns eingehakt und flanierten auf einer Allee in Richtung Innenstadt dahin. Wir kamen uns vor wie ein Liebespaar, immer wieder sahen wir uns an und erfreuten uns daran, dass wir beisammen waren. Wir blieben in einem Kaffeehaus hängen, frei von jedem Zwang, An Jong war glücklich bei mir zu sein, sie streichelte unter dem Tisch mein Knie, es war schön. Dann mussten wir wieder daran denken zurück ins Hotel zu gehen. Wir trennten uns, wollten uns aber später bei mir im Zimmer treffen. Es gab wieder ein Abendmenü aller erster Klasse, so lässt es sich leben. Ich nahm mir eine Flasche Chinesischen Wein mit aufs Zimmer, etwas später kam An Jong. Sie tat heute so geheimnisvoll, was hatte sie vor? Sie lächelte, streichelte und küsste mich, dann fing sie an mich zu entkleiden, sie war zärtlich und liebkoste jede meiner Kurven, es war herrlich, ich verging fast vor schönen Gefühlen. Sie legte mir ein seidenes Tuch über das Gesicht, legte mir den Finger auf den Mund, dann fing sie an, mich von oben bis unten zu meiner Muschi mit ihrer Zunge zu verwöhnen, es war vor Wollust kaum auszuhalten und doch wünschte man, es würde nie aufhören. Dann kam der erlösende Orgasmus, ein reines Gefühlsgewitter, sie nahm mir das Tuch ab, sie stand nackt vor mir, schön wie eh und je, ich konnte nicht anders, ich nahm sie in den Arm und küsste sie. Ich legte sie auf mein Bett, so dass ihre herrlichen Beine nach unten hingen, ihre Muschi war leicht rosa, appetitlich lag sie da. Meine Zunge suchte ihren Kitzler, ich leckte und saugte leicht an ihm, sie bäumte sich auf und stöhnte vor Lust, ich schmeckte, es war ihr gekommen. Wir legten uns nebeneinander, streichelten und küssten uns, wir stärkten uns bei einem Glas Wein, unsere Augen versanken ineinander, so als wollten wir uns nie wieder trennen. Diese letzte Nacht sollte für uns beide etwas Besonderes sein. Zärtlich umarmten wir uns, küssten und berührten uns zart, bald hatten wir wieder unsere Stellung gefunden, wo wir uns zur gleichen Zeit mit unserem Liebesspiel zur erlösenden Entspannung bringen konnten. Sie lag über mir, so konnte ich ihre ausfließenden Liebestropfen voll genießen, es war herrlich, sie wird mir sehr fehlen, so eine Liebe findet man nur einmal. Wir machten diese Spiele an diesem Abend mehrmals, bis uns die Müdigkeit überrumpelte, eng umschlungen schliefen wir ein. Als ich am anderen Morgen aufwachte hatte ich An Jong im Arm, sie ist eine junge hübsche Frau, wie harmlos sie aussieht, wenn sie schläft, sie ist warm, duftet gut und ein bestimmtes Etwas geht von ihr aus, man muss sie einfach lieben. Zart küsste ich sie, sie machte die Augen auf, lächelte mich an, zog mich zu ihr, so blieben wir noch eine Weile liegen, doch dann hieß es aufstehen, duschen und sich für den Tag rüsten. Es gab ein gutes Frühstück und dann wollten sie heute zum Stausee am Gelben Fluss, ca. 400 Kilometer, der Flieger vom letzten mal stand schon bereit, um uns nach Hsin Hsiang, einer Stadt in der Nähe des Gelben Flusses zu bringen. Von da ging es dann mit einem Bus weiter zum Staudamm, dort sollten die Herren Fundamente für neue Turbinen ausmessen. Ich musste hier viel übersetzen, wir benötigten die Pläne in Deutsch und sie in

Chinesisch, das war eine heikle Sache, es durfte kein Fehler passieren. Bei dem Maschinenlärm konnte man kaum ein Wort verstehen, dazu redeten alle durcheinander, da soll man noch die Übersicht behalten. Zum Schluss ging es dann doch, jeder bekam was er wollte. Eigentlich wollten wir noch nach Peking fliegen, aber es hatte ein starker Sturm eingesetzt, an fliegen war nicht zu denken, deshalb ging es mit dem klapprigen Bus nach Hsin Hsiang, ich dachte nur, hoffentlich bleibt er nicht im Dreck stecken, doch dann schaffte er es doch noch. Am Stadtrand in einem zweitrangigen Hotel bekamen wir leider nur noch Doppelzimmer, Johanna wollte wieder zu mir, von den Herren hätte ich auch keinen gewollt, die stellten sich wieder an wie die ersten Menschen. Die Zimmer waren nicht erste Klasse, ich musste erst mal putzen, bevor ich das Bett benutzen konnte, die Dusche brachte nur kaltes Wasser. Das Abendessen war gewöhnungsbedürftig, aber trotzdem war es akzeptabel und schmeckte gar nicht schlecht. Ich musste den ganzen Abend lachen, wenn ich sah, wie sich unsere verwöhnten Herren benahmen.

Dann kam die Frage, was machen die feinen Herren heute Abend, ich hatte mich schon erkundigt, heute Abend war hier buntes Treiben angesagt. Bis in die Stadt waren es etwa fünf Kilometer, laufen war unmöglich, Taxi gab es bei dem Wetter keines, also mussten sie da bleiben. Ich begab mich gegen acht Uhr in den Saal, dann kamen die Leute, sie schauten erst etwas komisch, doch das war schnell vorbei, als ich mich mit ihnen unterhielt. Eine schräge Musik spielte auf, aber wirklich schräg. Die Leute tanzten dazu, das reichte ihnen, dazu ihren Tschum, da ist für sie das Leben wieder in Ordnung. Der eine Musikant hatte ein Akkordeon, nur spielen konnte er nicht damit. Ich sprach ihn an, ich wollte mal spielen, er sah mich wie ein Gespenst an, du spielen meinte er auf Chinesisch, seine Kollegen sagten komm lass sie doch mal. Er gab mir sein wertvolles Stück, es war eine Hohner, wie kommt eine Hohner hierher? Ich nahm das Akkordeon und spielte, ich spielte deutsche Seemannslieder, zuerst stutzten sie, doch dann war eine Stimmung da, alles klatschte und johlte mit, sogar der Besitzer machte mit, da ging die Post ab. Johanna schüttelte nur den Kopf, das hatte sie nicht erwartet. Ich hatte nicht die beste Singstimme, aber hier war das egal, Hauptsache Stimmung. Der Tschum floss in Strömen, auch wir mussten einige trinken, ein widerliches Zeug, aber wenn man mal zwei oder drei drin hat, dann fängt er an zu schmecken. Der Abend war mehr als gelungen, aber um zwei war Schluss, schnell verließen die Leute den Saal, wie überall, um zwei ist Schluss. Johanna hatte einen kleinen Schwips als wir nach oben gingen, sie lachte immer, ich musste sie immer wieder zur Ruhe mahnen, damit unsere Herren nicht aufwachten. Den Rest der Nacht verbrachten wir in unserem Zimmer, am Morgen beim Frühstück erhielten wir die Nachricht, wir müssen noch da bleiben, der Sturm war noch stärker geworden, an Starten und Fliegen war nicht zu denken. Was machen wir den ganzen Tag hier in dieser Spelunke, wie einer unserer Herren das Hotel nannte. Ich ging auf mein Zimmer um noch schriftliche Arbeiten zu machen. Der Sturm heulte ums Haus, man konnte richtig Angst kriegen, dass das Haus wegfliegt. Die Fenster waren

109

auch nicht mehr die besten, hoffentlich halten sie, sie klapperten böse. Der Wirt war die Ruhe selbst, er meinte, es wird schon halten, ob heute Abend wieder Tanz ist wusste er nicht zu sagen, bei dem Sturm geht keiner gern aus dem Haus. Dann werden wir wohl den Abend im Bett verbringen müssen. Einige unserer Herren versuchten es mit Kartenspielen, dazu tranken sie Tschum und Yeki, na gute Nacht wenn es ein paar zu viel werden. Johanna und ich saßen noch in der Kneipe, da kamen doch noch ein paar Leute, sie hatten sich nicht von dem Wetter abschrecken lassen, den Wirt freute es. Bald hatte sich ein nettes Gespräch entwickelt, es wurde noch ein unterhaltsamer Abend. Etwas später kam noch der Mann mit dem Akkordeon, er kam gleich zu mir und fragte: „Möchten sie spielen?" Na klar, also legte ich los, alles war begeistert, ich spielte ein paar Volkslieder aus Deutschland, sie kannten sogar einige. Ein Bombenstimmung kam auf, viel zu schnell verging der Abend, der ältere Mann nahm sein Akkordeon und sagte zu mir: „Du spielst gut, du musst mir deutsche Lieder beibringen." Dann waren alle schnell weg, ich ging auf mein Zimmer, Johanna war noch nicht da, das war mir egal, ich wollte schlafen. Aber bei dem Sturmgeheul schlafen war fast unmöglich, ich versuchte es jedenfalls, bald war ich dennoch eingeschlafen. Ich hörte nicht wann Johanna kam, als ich sie am anderen Morgen ansah, oh je, das muss eine schwere Nacht gewesen sein. Ihre Augen waren ganz dunkel, sie zuckte nur die Schulter und meinte: „Schön war es." Sie lächelte verschmitzt und ich sagte zu ihr: „Hoffentlich wird dein Abschied von deinem kleinen Chinesen nicht zu tragisch, oder willst du ihn mitnehmen?" Sie lachte und meinte: „Das tät ich schon gern, aber es geht nicht." Den Tag mussten wir wieder im Haus verbringen, der Sturm war immer noch gleich stark, an Fliegen war nicht zu denken. Ich sah zum Fenster hinaus, die Bäume bogen sich im Wind, man musste Angst haben, dass sie umfallen. Unsere Herren waren sauer, dass sie noch einen Tag hier zubringen mussten. Johanna war schon wieder abwesend, komisch, keiner fragte nach ihr. Ich denke, sie wird schon wieder kommen.

Ich unterhielt mich mit dem Wirt und ich stellte dabei fest, dass er ein verflixtes Schlitzohr war, er hatte unsere Herren ganz schön ausgenommen, sie hatten das nicht einmal gemerkt. Der Wirt sagte mir, wenn wir in zwei Tagen noch in Peking sind, da ist ein Nationalfeiertag, da werden auf dem Roten Platz Maskentänze aufgeführt, ich sollte sehen dass ich da hinkommen könnte, es wird bestimmt schön. Ich dachte da gleich an An Jong, ob sie mit darf? Es wäre schon schön. Am späten Nachmittag ließ der Sturm nach, aber an Fliegen war immer noch nicht zu denken, vielleicht morgen Früh, der Wirt machte uns da gute Hoffnung. Am Abend ging es nochmal hoch her, der Saal war bis zum letzten Platz gefüllt, hatte das mit dem Nationalfeiertag etwas zu tun? Ich fragte den Wirt, er meinte, auch hier würden sie solche Maskenspiele durchführen, wenn das Wetter es erlaubt. Ganz Ost China war wie von einem Fieber befallen, es ist einer der größten Feiertage, man spürte es jetzt schon hier im Saal. Die Leute blieben bis zum Morgen hier, ich ging gegen zwei Uhr schlafen, Johanna war noch nicht da, ich schlief bald ein. Am Morgen wachte ich auf, da lag Johanna neben mir, ich hatte sie nicht kommen hören. Ich ließ sie noch schlafen bis ich geduscht hatte und fertig zum Frühstück war, ich weckte sie auf und sagte ihr, dass ich zum Frühstücken gehe. Sie sah wieder aus als wenn sie in einen großen Sturm geraten war, dieser Sing Hang Juh musste schon über tolle Qualitäten verfügen, man könnte richtig neidig werden. Am Mittag hieß es dann, fertig machen zum Abflug, der alte klapprige Bus kam wieder und holte uns ab. Wir mussten circa zwei Stunden fahren um an den Flugplatz zu kommen, die Straße hatte tiefe Schlaglöcher, der Bus rumpelte durch die Wassermassen, es war grausam. Dann oh Schreck, der Flugplatz war ein riesiger See, an Starten war wieder nicht zu denken, was nun? Uns wurde gesagt, dass wir bis morgen Früh warten müssen, bis das Wasser abgeflossen ist. Wohin jetzt mit uns? Wir sahen ganz schön alt aus, kein Hotel oder ähnliches in Sicht, mussten wir wieder zurück nach Pautou? Also kehrt Marsch, wieder zurück, der Wirt lachte als er uns sah, er meinte noch, da viel Wasser, wir bezogen wieder unsere Zimmer, die Betten waren noch nicht frisch gemacht. Hatte der Wirt, das Schlitzohr, damit gerechnet, dass wir wieder zurück kommen? Er grinste nur. Am nächsten Tag war der Feiertag, hoffentlich reicht es noch für uns, ich wäre gern mit An Jong zu den Spielen gegangen. Johanna und ich machten uns noch einen schönen Abend, zur gewohnten Zeit füllte sich der Saal wieder, wir waren gleich wieder integriert, es kam eine tolle Stimmung auf. Johanna war gleich wieder verschwunden, später kam sie mit Sing Hang Juh zu uns in den Saal. Er sah gut aus und machte auch einen kräftigen Eindruck, im Stillen dachte ich, den sollte ich

112

auch mal ausprobieren, mal sehen ob er wirklich so gut ist. Wir saßen miteinander an einem Tisch, er war ganz schön lustig und seine Hände waren sehr fleißig. Er saß zwischen uns, da kam seine Hand auch mal zu mir herüber, wenn er zu frech wurde, wehrte ich ihn etwas ab. Aber er kam immer wieder und ich fragte mich, wie viele Hände hat der denn? Er war überall, er wusste genau wo er hinlangen muss, gegen zwei Uhr gingen die Leute wieder, auch wir sollten gehen, es war für Johanna ein schwerer Abschied, diesmal für immer. Noch ein paar Stunden schlafen, dann sollte es endgültig los gehen. Um neun Uhr war Abfahrt, wie am Tag vorher, rumpelnd und schaukelnd fuhren wir zum Flugplatz. Er sah schon besser aus als gestern, es standen zwar schon noch ein paar größere Pfützen auf dem Flugfeld, aber es hieß, es geht schon. Wir nahmen unsere Plätze ein, dann ging es dröhnend und stark rumpelnd los, der Kasten brauchte lange, bis er an Höhe gewann, doch dann ging es ab. Nach ein paar Stunden hieß es, wir landen in Peking, der Pilot setzte ziemlich hart auf, aber alles ging gut. Wir stiegen aus und machten dass wir ins Hotel kamen, auf den Straßen waren Unmengen von Leuten, alles wollte bei den Feiern dabei sein. Ich hielt Ausschau nach An Jong, konnte sie aber nicht sehen, leicht enttäuscht ging ich auf mein Zimmer, da stand An Jong vor mir, das war eine Freude. Wir küssten uns zuerst, dann meinte sie: „Komm, wir gehen zum Löwentanz." Sie zog mich mit, sie wusste wo es langgeht, bald waren wir am Festplatz, der Tanz der riesigen Löwenfiguren war schon in vollem Gange, dumpf dröhnten die Trommeln und Pauken zum Takt, ein fantastisches Schauspiel. An Jong hatte schon lange meine Hand ergriffen, drückte sie leicht und strahlte mich an. Langsam ließen wir uns von der Menschenmenge schieben, wir waren ganz dicht zusammen, es war herrlich, sie an meiner Seite zu haben. Es gab einen anderen Trommelwirbel, wir waren etwas nach oben auf eine Treppe gelangt, da konnten wir uns den Drachentanz besser ansehen. Drachen sind für die Chinesen ein Glückssymbol, dieser hier war ein circa 20 Meter langes riesiges Ungetüm. Ein Genuss, so etwas zu sehen, für uns Europäer ist das eine fremde Welt. Die Menschen waren hin und her gerissen, eine tolle Stimmung war auf dem Platz, enorm, was für Bewegungen von dem Drachenungetüm dar geboten wurden. Die Massen waren fasziniert von den rhythmischen Bewegungen des Ungeheuers, An Jong hatte ihren Arm um mich gelegt, ganz dicht standen wir zusammen, ich glaubte ihr Herz klopfen zu hören trotz des Lärms hier. Wir sahen uns an, am liebsten hätten wir uns geküsst. Es war zu spüren, dass wir beide dasselbe dachten. Das Theater hier ging bis spät in die Nacht, toll was die Darsteller hier leisteten, sie mussten stundenlang unter dieser Kostümierung Hochleistung bringen. Langsam zog mich An Jong mit sich, ich spürte, sie will mit mir alleine sein. Bald hatten wir unser Hotel erreicht und gingen gleich zu mir ins Zimmer, dort fielen wir uns in die Arme, küssten uns, blieben eine Weile so stehen, dann begannen wir uns zu entkleiden, An Jong sah toll aus in ihrer Unterwäsche, ganz anders als wir sie haben. Einfach verführerisch. Bald waren wir nackt und legten uns auf den Boden, unsere Hände tasteten den Gegenüber ab und unter küssen und streicheln kamen wir wieder in Hochstimmung, unsere Sinne waren zum

114

zerreißen gespannt, herrlich diese Phase zu genießen.
Doch dann war es um uns geschehen, Temperamentvoll
fielen wir über uns her, das war eine Wonne, unsere
Zungen leisteten wieder ganze Arbeit, die Wogen des
Glücks schlugen über uns zusammen, mit herrlichen
Gefühlen erlebten wir gemeinsam einen wunderschönen
Orgasmus. Wir blieben so liegen, bis die letzte
Gefühlwallung abgeklungen war. Zwei glückliche
Frauen, die sich gesucht und gefunden haben. An Jong
blieb wieder die ganze Nacht bei mir, es war herrlich sie
neben mir zu haben. Leicht ermattet von unseren
Spielen schliefen wir ein. Früh am Morgen wachte ich
auf, An Jong lag in meinem Arm, sie war dicht an mich
gekuschelt, ich konnte ihren Herzschlag hören, er war
schön gleichmäßig, ebenso ihre Atemzüge. Es war
schön sie so betrachten zu können, vorsichtig trennte ich
mich von ihr, ich wollte zuerst Duschen, dann würde ich
sie wecken, doch sie war schon wach als ich zurück
kam. Sie blieb noch liegen, sie zog mich zu sich und
unter küssen und schmusen genossen wir den
anbrechenden Tag. Es war für uns ein schwerer Tag,
hieß es doch, Abschied zu nehmen. Abschied von einer
fantastischen Person, von An Jong. Herzlich und mit
Tränen in den Augen nahmen wir Abschied von
einander, war es für immer? Wer weiß das schon.

Zum Tagesanfang gab es ein reichhaltiges Frühstück,
anschließend machten wir uns fertig für den Abflug nach
Europa, da hieß es in letzter Sekunde, wir müssen noch
einen Tag warten, unsere Personalpapiere sind noch in
der Parteizentrale und werden erst morgen Früh frei
gegeben, also wieder warten. Etwas bedrückt ging ich

wieder zu meinem Zimmer, ich dachte an An Jong, was sie wohl jetzt macht? Ich öffnete die Tür, ich trat ein und mir blieb fast das Herz stehen, wer lag da auf meinem Bett? Es war An Jong, sie hatte davon erfahren und war dann in mein Zimmer gegangen. Wir waren beide hoch erfreut, konnten wir doch noch einen Tag zusammen sein. An Jong sagte: „Wir können doch noch etwas in die Stadt gehen, noch bestimmte Orte besuchen." Also gingen wir los, zuerst besuchten wir eine heilige Städte, sie erklärte mir die Bedeutung des Buddha, sie verstand es gut, so etwas zu beschreiben, dieser Tempel war mit viel Prunk ausgestattet, eine wahre Augenweide. Anschließend besuchten wir noch ein Kaffeehaus, hier waren mehrere junge Damen, welche der Prostitution nachgehen und sich den Ausländischen Gästen zur Verfügung stellen. Süß und appetitlich waren sie in ihren verführerischen Roben anzusehen, bei einer blieb An Jong stehen und sagte: „Schau her, das ist meine jüngere Schwester Em Nohla." Diese Damen genossen hier ein hohes Ansehen. Wir begrüßten uns sehr höflich und sie lud uns ein, einen Kaffee mit ihr einzunehmen. Wir verstanden uns bald sehr gut, ihr tun galt hier nicht als verwerflich, sondern sie nahmen es sehr ernst. Ich dachte so bei mir, es wäre bestimmt schön, mit so einer Frau mal seinen Spaß zu haben. Man muss mal sagen, hier in Peking waren die Damen sauber und adrett, richtige Appetitshappen. Spät trennten wir uns von den Damen und gingen wieder ins Hotel zurück, wir wollten die uns geschenkte Nacht noch nutzen. Ich ging in den Saal zum speisen, danach wollten wir uns wieder bei mir im Zimmer treffen. Diese Nacht wird mit Sicherheit unsere letzte sein, die wollten wir natürlich voll genießen.

Nach dem Essen wollte ich in mein Zimmer gehen, da sprach mich ein Chinese an, er fragte: „Sie sind doch die Dolmetscherin in der deutschen Gruppe, könnten sie für mich ein paar Schriftstücke übersetzen?" Jetzt war ich in der Zwickmühle, hier war ein Auftrag, dort war An Jong, was soll ich machen? Ich wollte gerade versuchen, mit einer Ausrede mal kurz zu mir ins Zimmer zu kommen um An Jong Bescheid zu sagen, da kam sie und sagte: „Du kannst ruhig die Übersetzung machen, ich komme dann später zu dir." Schnell verschwand sie wieder, ich wendete mich dem Herrn zu, er nahm mich mit in sein Büro und legte mir mehrere Schriftstücke vor. Ich begann dieselben zu übersetzen und schriftlich nieder zu schreiben. Der Herr hatte sich an meine Seite gesetzt, da spürte ich, wie seine Hand meinem Schenkel streichelte, was soll das? Was soll ich jetzt machen, er wurde immer aktiver, lächelte mich an und sagte: „Sie sind sehr schön, ganz anders als unsere Frauen, sie brauchen nichts denken, An Jong weiß Bescheid." Er sah mich an, mir wurde ganz anders, seine Hand war schon unter meinem Slip in meinem Schoß gelandet, ich wusste, jetzt noch ein wenig mit seinem Finger an meiner Muschi spielen, dann ist es bei mir soweit, dass ich mich nicht mehr wehren konnte. Sein Finger strich über meinen Kitzler und da war es um mich geschehen, meine Hand tastete sich zu seinem Wonnespender vor, er hatte seine Hose schon geöffnet, so dass ich denselben gleich in der Hand hatte. Er nahm mich und legte mich auf eine Liege im Zimmer, langsam und genussvoll zog er mich aus, auch er entledigte sich seiner Kleider. Dann drang er ohne viel Vorspiel in mich ein, ich war schon so geil, ich genoss dieses momentane

Zusammensein, er war verdammt gut, es dauerte nicht lange, da wurden seine Stöße hastiger und dann spritzte er mir seine ganze Ladung in meine Muschi, es war schön, es bis zur letzten Zuckung genießen zu können. Ich glaube, er hatte schon lange nichts mehr in dieser Hinsicht bekommen. Ich klemmte ihn ein, so dass er mich nicht verlassen konnte, ich streichelte ihn an bestimmten Stellen und da spürte ich, wie sich sein Glied wieder langsam in mir aufrichtete, das ist herrlich. Bald hatte er wieder seine volle Größe erreicht und begann, langsam in mir hin und her zu fahren, mit jedem Stoß gerieten wir wieder in das bestimmte Stadium, wo die Gefühle wieder voll von uns Besitz ergriffen. Wir konnten an nichts anderes mehr denken, bis der ersehnte Orgasmus uns voll erschauern ließ, ich spürte bei jeder Zuckung, wie er seinen Saft in mich hinein spritzte. Einfach toll, wie lange hatte ich das schon nicht mehr gespürt. Jetzt musste meine Muschi ja bis zum überlaufen voll sein. Als sich unsere Sinne wieder beruhigt hatten zog er seinen Penis aus meiner Scheide, er lächelte glücklich, das Erlebte war aber auch zu schön. Ich ging in die Toilette um mich zu säubern, sein Schleim lief mir schon an den Schenkeln herunter, trotzdem war es irgendwie angenehm. Ich hatte mich sauber gemacht, ging wieder zu ihm zurück, er lag da als wenn er auf mich wartete, er zog mich zu sich hin, seine Hände hatten meine Pobacken fest im Griff und so setzte er mich auf sich drauf. Sein Kamerad war schon wieder steif, leicht glitt er in mich hinein, ich ritt auf ihm, er drückte mir seinen Unterleib entgegen, ich glaubte, sein Penis müsste oben wieder rausschauen. Dann bäumte er sich auf, rammte ihn mir tief in meine Muschi um dann in einer Gefühlsexplosion sich in mir zu entladen. Als sich die Spannung bei uns gelegt hatte, blieben wir in dieser Stellung etwas liegen, etwas später stand ich dann auf, sein Freund hing etwas traurig da, ich kniete mich nieder und nahm seinen Penis in den Mund, um ihm wieder Leben einzuhauchen. Er hatte die Augen geschlossen und genoss diese Art der Liebkosung. Sein Kamerad wuchs wieder, ich saugte und leckte bis es ihm wieder kam, diese Ladung war nicht mehr so ergiebig wie die vorhergehenden, sein Sperma schmeckte leicht milchig, aber schon angenehm, ich sog an ihm, bis nichts mehr kam, dann ließ ich ihn los. Mit verklärtem Gesicht lag er noch eine Weile da, um das Erlebte voll zu genießen. Man sah ihm an, dass er heute nichts mehr leisten könnte, ich säuberte mich gründlich, zog mich an und wollte gehen, da sagte er zu mir: „Die hast mit der Übersetzung gute Arbeit gemacht:" Er drückte mir ein Bündel Geld in die Hand und meinte dann: „Wenn du wieder mal da bist, kannst du wieder für mich arbeiten." Ich bedankte und verabschiedete mich. Ich musste nach dieser Aktion erst etwas gutes Essen und trinken, damit ich wieder zu Kräften komme. Während des Essens fiel mir ein, was An Jong wohl macht? Nachdem ich mich gestärkt hatte ging ich auf mein Zimmer, ich wollte mich noch etwas frischmachen bevor An Jong kommt. Ich machte die Türe zum Zimmer auf, da lag sie schon in einem wunderschönen Nachtkleid in meinem Bett, sie lächelte mich an, sie sah zum anbeißen aus. Sie hatte nur das Kleid an, man sah genau ihre verführerischen Konturen, sie streckte ihre Arme aus und sagte: „Karen komm zu mir." Ich ging zu ihr hin, da stand sie auf und ihr Kleid fiel wie von Geisterhand geöffnet zu Boden, dann fing sie an, mich zu entkleiden, sie küsste dabei jeden Punkt an mir, ein sehr schönes Vorspiel, so zärtlich können Männer gar nicht sein. Mein Ego war schon wieder gespannt wie eine Bogensehne, dann stand auch ich nackt vor ihr, ihre Hände und Zunge brachten mich zu höchster geiler Erregung, meine Sinne waren außer Kontrolle. Dann kam die Entspannung, einfach fantastisch, mein Leib zitterte vor Wollust, so hatte ich es noch nie erlebt, An Jong war immer für eine Überraschung gut. Sie lächelte nur dazu. Als ich mich wieder etwas gefangen hatte zog ich sie zu mir, ich liebkoste ihren Körper, mit küssen und streicheln brachte ich sie zum sieden, sie hatte ihre Augen geschlossen und vertraute mir ihren schönen und geilen Körper an. Ich gab mein bestes, dann stöhnte sie und ihr Leib spannte sich, dann erlebte sie genau wie ich einen wunderschönen und erlösenden Orgasmus. Sie hatte sich an mich geklammert, als wollte sie mich nie mehr los lassen. Wir zwei haben uns wirklich gesucht und gefunden, wir ergänzten uns in der Liebe voll und ganz, einfach toll.

Dann kam der Abschied, es war Oktober 1978, wahrscheinlich ein Abschied für immer. Wir lagen uns in den Armen, wir hatten Tränen in den Augen, An Jong ich werde dich nie vergessen. Sie dachte wahrscheinlich das gleiche, doch dann mussten wir uns trennen, noch ein heiser Kuss, dann rein in das Flugzeug und ab ging es Richtung Heimat. Ich sah An Jong nochmal kurz, sie stand da und weinte, ade liebe An Jong, ade China mit deinen einfachen und liebenswerten Menschen.

Zu Hause wurde ich wieder mit Freuden empfangen,
Irene hing an mir und sagte: „Du bist immer so lange
fort, du fehlst mir so." Was sollte ich da sagen, ich hatte
sie im Arm und sagte: „Mein liebes Kind, du fehlst mir
genau so, aber ich muss halt meiner Arbeit nachgehen."
Sie sagte: „Else und Caroline sind ja lieb, aber ich habe
immer Sehnsucht nach dir." Ich streichelte sie und sagte:
„Jetzt werde ich längere Zeit daheim bleiben, dann
können wir wieder mal etwas gemeinsam unternehmen."
Sie drückte sich an mich, es war herrlich so eine Tochter
zu haben. Der Ernst des Lebens nimmt darauf keine
Rücksicht, es fordert von jedem alles, so auch von mir,
es hatte sich wieder ein ganz schönes Paket Arbeit
angesammelt, so dass ich nicht weiter zum nachdenken
kam. Bei Nacht im Bett überfielen mich Wollüstige
Träume, ich musste einfach an An Jong denken, was
macht sie jetzt, denkt sie auch an mich? Unter diesen
Aspekten wälzte ich mich unruhig im Bett, mein
Verlangen nach ihr war riesig, konnte aber nicht gestillt
werden. Nur gut dass ich Lisa hatte, ich stand auf und
ging zu Lisa ins Zimmer, ich konnte jetzt nicht alleine
sein Ich legte mich zu ihr ins Bett und kuschelte mich
an. Sie streichelte mich, sie spürte dass ich innerlich voll
aufgewühlt war, sie küsste mich und fragte: „Was
bedrückt dich denn so?" Ich erzählte ihr von An Jong,
dass sie im Traum bei mir war. Lisa sagte: „Das ist doch
nichts verwerfliches, wenn man an einen lieben
Menschen denkt." Sie streichelte mich liebevoll und
drückte mich an sich, mein Gesicht kam direkt zwischen
ihren schönen Brüsten zum liegen, ihr Duft, ihre Wärme
und die Berührung ließ uns für den Moment alles
vergessen. Liebevoll lagen wir uns in den Armen, da war

es um uns geschehen, unsere Zungen suchten jeweils bei der anderen an ihrer Muschi den richtigen Punkt zu finden, bis unser Verlangen mit einem herrlichen Orgasmus belohnt wurde. Was gibt es schöneres, als die Liebe zwischen zwei so lüsternen Frauen wie wir es sind. Die Zeit geht dahin, so auch die Erinnerungen, An Jong wird wie eine Legende immer in meinem Gedächtnis bleiben. Ich hatte momentan viel Arbeit, das war vielleicht gut so, da kommt man automatisch auf andere Gedanken, die Industrie war im Wachstum begriffen, die Verbindungen zum Ausland wurden immer intensiver, so bekam ich viele Aufträge den Schriftverkehr der Betriebe zu bearbeiten und zu übersetzen. China geriet so langsam in Vergessenheit, da tauchte ein Brief von einer Firma auf, die wir besucht hatten, es gab Unstimmigkeiten in der Berechnung der Befestigung der Turbinen. Ich hatte mir von allen Plänen und Schriftsätzen Kopien gemacht, so konnte ich kontrollieren ob der Fehler bei mir lag oder nicht, meine Übersetzungen waren perfekt, da musste die Fehlerquelle woanders liegen. Ich fragte bei den Firmen nach und siehe da, in ihren Berechnungen hatte sich ein Fehler eingeschlichen, was nun?

Großes Rätselraten, was machen wir jetzt? War ein neuer Besuch in China bei dem Kraftwerk erforderlich? Wer war für den Fehler verantwortlich? Waren auf Grund dessen die Termine zu halten? Schnelles Handeln war erforderlich. Die Betriebsleitung reagierte schnell, mit den Plänen mussten wir nach China, nach Huhehot, man bat mich, wieder mit zu fliegen, Flugtermin war der 26. September 1979. Else half mir beim Packen, da kam mir die Idee, ich könnte Irene mitnehmen, sie hatte gerade Ferien und hatte vor drei Wochen ihren 18. Geburtstag gefeiert. Ich fragte Else und Irene, ob es da irgendwelche Probleme gäbe, es gab dabei keine, also konnte sie mit. Die Freude war groß, in zwei Tagen sollte es losgehen, pünktlich kam unser Taxi das uns nach München zum Flughafen brachte. Sechs Firmenmitglieder waren noch dabei, auch Johanna, ich kannte sie alle, da gab es keine Probleme. Irene war total von der Rolle, der Flughafen und die Flugzeuge, so groß hatte sie sich das ganze gar nicht vorgestellt, sie konnte nur sehen und staunen. Dann hieß es einsteigen, die Plätze einnehmen und ab ging es. Ich hatte für Irene einen Fensterplatz reserviert, so konnte sie die Welt mal von oben betrachten. Sie war nicht von dem Fenster weg zu kriegen, es war ja auch interessant, doch dann kam die Nacht und ihre Müdigkeit, ich packte sie mit einer Decke ein, so konnte sie gemütlich schlafen. Unser Flug dauerte wieder circa 18 Stunden bis Peking. Nach mehreren Stunden Schlaf wachte Irene auf, sie musste mal zur Toilette, eine Stewardess nahm sich ihrer an und zeigte ihr wo es hingeht. Bald kam sie wieder, sie war ganz begeistert über das, was sie so alles gesehen hat. Dann kam das Frühstück, draußen wurde es so langsam wieder hell. Wir befanden uns gerade auf der Höhe des Himalaja Gebirges, das war ein Anblick, Irene war ganz aus dem Häuschen, da musste sogar ich wieder staunen, obwohl ich es schon ein paarmal gesehen hatte. Majestätisch ragten die Berge bis an den Himmel, Irene vergas darüber alles, wann sieht man schon mal so eine Pracht aus der Nähe. Dann kam die Wüste Gobi, das totale Gegenteil, eben und nur Sand. Der Flug verlief relativ ruhig, so konnten wir direkt nach Peking fliegen. Der Flieger setzte zur Landung an, deshalb hieß es, alles anschnallen. Der Pilot setzte die Maschine leicht und sanft auf, der Flieger stand und die Türen wurden geöffnet. Die Treppe wurde angefahren und dann hieß es aussteigen, unser Bus zum Hotel wartete schon. Irene konnte nur staunen über den Prunk, wir bezogen unsere Zimmer, machten uns etwas frisch und gingen anschließend nach unten ins Hotel. Ich blickte umher ob ich An Jong sehen könnte, aber sie war nicht zu sehen. Ich erklärte Irene alles was sie wissen sollte, wir saßen da und tranken einen Kaffee, da griffen zwei warme Hände an meinen Hals, ich sah mich um und eine strahlende An Jong stand da, das war eine Überraschung. Ich nahm sie in den Arm und stellte An Jong meine Irene vor, Irene war mit ihren 18 Jahren eine junge hübsche Frau, sie wusste ja von meinen Erzählungen wer An Jong ist, so fiel das kennenlernen nicht schwer. Wir hatten uns ja so viel zu erzählen, sie fragte: „Warum und wieso bist du wieder da?" Ich sagte: „Am Staudamm in Huhehot gibt es Schwierigkeiten, wir müssen dorthin fliegen und voraussichtlich drei Tage dort bleiben." Sie fragte: „Kann ich mitfliegen?" Ich klärte das mit den anderen und keiner hatte etwas dagegen, mir war das recht, am anderen Morgen sollte es losgehen. Heute hatten wir noch Zeit, so konnten wir noch einige Sachen in Peking ansehen. An Jong sagte: „Wir nehmen uns ein Taxi, dann können wir in die Innere Stadt fahren und uns die ehemalige Alte Kaiserstadt, den Platz des Himmlischen Friedens und anschließend dann noch die Verbotene Stadt ansehen." Ich fragte: „Dürfen wir da überhaupt hin?" Sie lachte und sagte:

„Wenn ich dabei bin dürfen wir das, Fremde alleine sollten es nicht tun. Vor ein paar Jahren hätten wir das auch nicht gedurft, aber jetzt geht das schon." Es war wirklich imposant was es hier alles zu sehen gibt, man kann dies alles nur mit einer gewissen Ehrfurcht betreten und betrachten, beim Anblick der Heiligen Figuren läuft einem ein kalter Schauer über den Rücken.

Irene war voller Begeisterung, was es da alles zu sehen gab, Peking war eine Wahnsinnsstadt, total anders als in Europa, hier waren riesige Menschenmassen unterwegs, alle wollten in die Kaiser Stadt. Ich hielt Irene fest, wenn sie bei dem Gedränge von mir weggerissen wird, wo sollte ich sie da wieder finden. Bald standen wir vor dem Heiligtum, ein imposanter Anblick, An Jong erklärte uns um was es hier geht. Sie hatte die ganze Zeit meine Hand gehalten, es war schön, sie wieder neben mir zu haben. Sie fragte mich: „Sehen wir uns heute Abend?" Ich sagte: „Natürlich sehen wir uns." Ein Lächeln ging über ihr Gesicht. Beim Besuch dieser Chinesischen Heiligtümern ist die Zeit schnell vergangen, so langsam mussten wir wieder an die Heimfahrt denken. Bald hatten wir ein Taxi gefunden, welches uns wieder zu unserem Hotel brachte. Dort angekommen wollten wir uns noch etwas frisch machen und richten, dann wollten wir zum Speisen gehen. Ich sagte An Jong sie solle heute Abend wieder zu mir kommen, mit einem Kuss verabschiedete sie sich. Irene sah mich an und fragte: „Warum küsst ihr Euch?" Ich sagte ihr: „Weißt du, An Jong ist eine ganz liebe Freundin, da macht man das halt so." Wir begaben uns in den Speisesaal um unser Abendessen einzunehmen, es war wieder hervorragend.

Nach dem Essen wollte Irene schlafen gehen, sie war reichlich müde, wir hatten Einzelzimmer, also begleitete ich sie in ihr Zimmer. Sie war relativ schnell eingeschlafen, leise verließ ich sie. Bald kam An Jong zu mir, wir küssten uns und dann lagen wir uns wieder in den Armen. Es war herrlich, sie wieder bei mir zu haben, bald lagen unsere Kleider am Boden und wir zusammen im Bett. Sie überließ wieder mir den aktiven Teil, es war schön, ihren herrlichen Körper von oben bis unten zu küssen, ihre Brüste, ihren Bauch und dann ihre kleine Muschi, ein wunderbarer Duft ging von ihr aus, ich benötigte nicht lange, da hatte sie auch schon einen gefühlvollen Orgasmus. Sie lächelte und begann dann mit mir dasselbe Spiel, es war einfach schön, kaum zu beschreiben, dann dieses tolle Gefühl, wenn sich der Körper spannt, der Geist ausgeschaltet ist und man nur von dem einen Wunsch befallen ist, einen fantastischen Orgasmus zu erleben. Wir machten noch einige dieser schönen Spiele, bis wir ermattet ins Bett fielen, An Jong blieb wieder die ganze Nacht bei mir, es ist einfach schön, sie neben sich zu haben, einfach berauschend. Am anderen Morgen wollten wir nach Huhehot fliegen, da kam An Jong und sagte mir, dass sie leider nicht mit kann, schade. Wir verabschiedeten uns mit einem heißen Kuss, bevor An Jong mich verließ sagte sie: „Lass doch Irene hier bei mir, ich kann ihr da noch einige Sachen in Peking zeigen. In Huhehot kann sie wahrscheinlich nicht mit in die Werke, dann ist sie in dem Ort allein." Ich hatte nicht mehr viel Zeit zum Überlegen, ich ging zu Irene ins Zimmer um mit ihr darüber zu reden, sie war gleich einverstanden und ich konnte somit beruhigt abfliegen.

Um 10 Uhr sollte es losgehen, wir trafen uns in der Hotelhalle um von dort mit dem Bus zum Flughafen zu fahren. Wir mussten wieder in so einer alten Kiste nach Huhehot fliegen, dröhnend erhob sie sich, in einem großen Bogen ging es dann in Richtung Nord –Nord – West, nach circa zwei Stunden landeten wir bei Huhehot. Ich kannte ja die Piste noch vom letzten mal, rumpelnd setzte die Maschine auf, vom Flugfeld ging es dann noch circa eineinhalb Stunden bis zu unserem Ziel. Es wurde gleich mit der Vermessung begonnen, dabei stellte sich heraus, dass die Fundamente mit den Plänen nicht übereinstimmten, sie waren zu niedrig und in der Achse stimmte die Flucht auch nicht. Ein schwieriges Problem, die fehlende Höhe wäre nicht schlimm, aber die Flucht, sie musste stimmen, sonst gibt es große Schwierigkeiten. Erst wollten sie uns die Schuld zuschieben, aber unsere Berechnungen stimmten genau. Viel hin und her, der Fehler musste behoben werden. Viel Zeit gab es nicht mehr, denn die Turbinen sollten bald geliefert und eingebaut werden. Es war mittlerweile schon spät geworden, übernachten sollten wir wieder im bekannten Hotel. Wir wurden da freundlich begrüßt, alle Achtung, sie hatten einiges verbessert, so dass wir mit den Zimmern zufrieden sei konnten, das Essen war auch besser wie bei unserem ersten Besuch. Johanna fragte mich, ob sie wieder bei mir schlafen kann, natürlich darf sie. Ich ging auf das Zimmer, um mich noch etwas frisch zu machen, am Abend wollte ich dann wieder in den Saal. Die Dusche hatte diesmal warmes Wasser, das gefiel mir. Gegen 21 Uhr begab ich mich nach unten in den Saal, auch hier hat man etwas verbessert, bald kamen die ersten Leute, einige

127

erkannten mich wieder, da gab es eine nette Begrüßung. Bald ging es wieder hoch her, der Tschum floss in Strömen und geraucht wurde wie eh und je. Jetzt hatten sie aber ein besseres Kraut, es stank nicht mehr so grausig. Johanna kam etwas später, war aber schnell mit integriert, es wurde ganz schön lustig, sie brauchten auch nicht mehr aufpassen und Angst haben, gegen zwei Uhr war Schluss, da gingen sie alle nach Hause. Am anderen Morgen, nach einem guten Frühstück ging es für uns gleich wieder los, die Achse musste neu berechnet werden, da kam viel Arbeit auf mich zu. Die Herren mussten die alten Berechnungen überprüfen und die Differenzen zwischen den Plänen und dem tatsächlichen Bau den Bauausführenden erklären. Nach ihren Berechnungen war die Achse um acht Zentimeter aus der Richtung geraten, ein Zentimeter wäre noch tragbar gewesen, aber acht waren zu viel. Meine Aufgabe war das Dolmetschen zwischen den Herren.

Inzwischen war es wieder Abend geworden und wir wurden in unsere Gaststätte gefahren, zuerst musste ich duschen, wir rochen alle nach Öl dampf, dann etwas anderes anziehen und dann ging es zum Abendessen. Es war wieder gut, sie hatten sich sehr gesteigert, für uns wird es das letztemal sein. Dann kam die Nachricht, dass wir erst morgen Mittag nach Peking zurückfliegen können, deshalb stand uns noch ein vergnüglicher Abend bevor. Alles ging nach Schema, gegen Neun kamen die Herrschaften, es wurde ein recht unterhaltsamer Abend, auch Johanna war mit von der Partie. Wie immer war um zwei Uhr der Spuk vorbei, die Leute gingen ausgelassen nach Hause und wir ins Bett.

Johanna schlief wieder bei mir, eng zusammen gekuschelt schliefen wir bald ein. Am Morgen wie immer dasselbe, Duschen, Frühstücken und dann wurden wir mit dem Bus zum Flughafen gebracht. Auch die Straßen waren etwas besser geworden, nur der Flughafen war wie gehabt, die Piste war voller Löcher. Um 11 Uhr hob dann der Flieger ab, er rumpelte schwer über die Bahn, brauchte lange bis er abhob und Höhe gewann, nach gut zwei Stunden waren wir wieder in Peking. Man brachte uns ins Hotel, ich ging auf mein Zimmer, An Jong und Irene waren nicht da, sie werden wohl einen Stadtbummel machen. Ich schaute aus dem Fenster auf die Straße, da sah ich sie kommen, Hand in Hand und lachend kamen sie daher, man könnte meinen es sind Schwestern. Bald kamen sie zu mir ins Zimmer, sie hatten erfahren, dass wir schon da waren. Das war eine freudige Begrüßung, Irene musste mir natürlich gleich erzählen, wo sie überall waren, sie hatten viel Spaß miteinander gehabt. Für An Jong und mich blieb noch diese Nacht, ich durfte gar nicht an den Abschied denken, An Jong ging es genauso. Wir wollten deshalb diese Nacht in vollen Zügen genießen, sie kam früher als sonst, Irene schlief in ihrem Zimmer, wir lagen uns gleich wieder in den Armen. Sie hatte wieder ihr durchsichtiges Hauskleid an, verführerisch so etwas zu sehen, da kann man einfach nichts anderes mehr denken, schnell hatte ich meine Kleider abgestreift und sie ließ ihr Kleid fallen. Das war ein Anblick, zwei hübsche nackte Frauen, zu allem bereit was Spaß macht, es wird sicher wieder eine tolle Nacht. Ich hatte eine Flasche Wein mit ins Zimmer genommen, so konnten wir miteinander anstoßen, wir saßen eng zusammen, jede konnte die andere spüren, da war es auch schon um uns geschehen. An Jong drückte mein Gesicht zwischen ihre herrlichen Brüste, ein berauschender Duft ging von ihr aus, gierig küsste und leckte ich ihre Brustwarzen, sie hatte die Augen geschlossen und ließ mich gewähren. Langsam glitt ich nach unten, um an ihre nasse Muschi zu kommen, willig streckte sie mir ihr Heiligtum entgegen, ein wunderbarer Geschmack ging von ihr aus. Meine Zunge fuhr durch ihre Furche, zugleich saugte ich an ihrem Kitzler, er war steif und fest, leicht drückte ich ihn mit meinen Lippen, sie stöhnte vor wollüstigen Gefühlen. Dann streckte sie sich, ein leiser Schrei entrang sich ihrem Mund, sie erlebte einen Orgasmus wie selten, ihr ganzer Körper bebte, dann war es vorbei. Glücklich sah sie mich an, ihre Augen waren ganz glasig, es muss für sie wunderschön gewesen sein. Wir küssten uns, dann fing sie an, mich mit ihren Küssen zu verwöhnen, ich lag auf dem Boden und streckte ihr meinen Körper hin, so dass sie überall hin kam. Ihre zärtlichen Berührungen machten mich total willenlos, sie leckte, saugte und streichelte mich an meinen empfindlichen Stellen, die Wollust war kaum auszuhalten, dann explodierte ich, es war herrlich, etwas schöneres gibt es nicht. Glücklich lagen wir zwei zusammen, wir hielten uns fest, als wollten wir uns nie mehr loslassen. Diese fantastischen Spiele trieben wir in dieser Nacht noch mehrere male, dann legten wir uns schlafen, eng aneinander geschmiegt.

Am anderen Morgen, An Jong war schon weg, das übliche Ritual, zuerst duschen, dann kam Irene zu mir und wir zwei gingen dann zum Frühstück. Es war wieder hervorragend, ein richtiges Abschiedsmenü. Um 10 Uhr sollte der Fahrer uns zum Flughafen bringen, da kam An Jong um sich zu verabschieden, mit Tränen in den Augen lagen wir uns in den Armen, ob es das letzte mal ist? Wer weiß das schon. Dann kam unser Taxi, es gab noch eine herzliche Umarmung und wir mussten gehen. Noch ein kurzes Winken, dann war An Jong aus meinem Blickfeld verschwunden, ade kleine süße An Jong. Irene hatte sich an mich gekuschelt, wollte sie mir Mut machen? Ich nahm sie in den Arm und streichelte sie, wir waren ein Herz und eine Seele, einfach Mutter und Tochter.

Wieder zu Hause hatte uns der Ernst des Lebens wieder voll im Griff. Else und Caroline freuten sich sehr, dass wir wieder da waren, noch eine Woche, dann gingen die Ferien zu Ende. Caroline kam eines Abends zu mir und fragte mich: „Man hat mir ein Angebot gemacht, Lehrerin an der Schule zu werden, mein Studium habe ich in zwei Monaten fertig, dann bekomme ich meine Absolution als Lehrerin. Was meinst du, soll ich das Angebot annehmen?" Ich sagte: „Liebe Carola, du kannst gut mit Kindern umgehen, da wäre das schon der richtige Beruf für dich und besonders an dieser Schule braucht man verständnisvolle Lehrer." Sie drückte sich an mich wie früher und sagte: „Danke für deinen Rat." Zufrieden ging sie. Irene hatte noch ein halbes Jahr, dann war sie mit dem Gymnasium fertig, was nun? Studieren, aber was ? Oder einen Beruf erlernen, mit ihrem Abitur konnte sie sich schon um einen gehobenen Beruf bewerben. Ich schlug ihr vor, sich im Bankwesen etwas kundig zu machen, vielleicht ist das was für dich. Sie wollte es sich

131

überlegen. Die Tage gingen dahin, eines Tages fragte mich Irene: „Würdest du wieder mal mit mir zum Friedhof gehen, ich möchte da nicht alleine hin." Natürlich ging ich mit. Es was gutes Wetter, so liefen wir zum Friedhof und besuchten die Gräber, Irene hatte wie früher meine Hand genommen, ich glaube sie hat Angst, allein hierher zugehen? Die Gräber waren gut gepflegt, sie waren nicht weit auseinander, in einem Irenes Vater und Mutter, im anderen die Oma und ihr Mann. Irene hatte Tränen in den Augen, ich hätte zu gern gewusst, was sie denkt. Dann wollte sie gehen, sie hielt immer noch krampfhaft meine Hand, was hatte sie so berührt? Wir waren doch schon öfters hier, irgendetwas musste sie inspiriert haben, so war sie noch nie. Schweigend gingen wir nach Hause, dort sagte sie zu mir: „Mama, danke dass du mitgegangen bist, ich hatte heute einfach das Gefühl, als wenn mir die Gräber etwas sagen würden." Ich sah sie an und fragte: „Haben sie?" Sie drückte sich an mich und sagte: „Ich glaube ja, ich sah dort meine Mutter und meinen Vater, ich habe sie gleich erkannt, obwohl ich sie überhaupt nicht kenne, noch nie gesehen habe. Ist das ein gutes oder schlechtes Zeichen? Was wollten sie mir sagen?" Ich hatte meinen Arm um sie gelegt und sagte: „Irene, das kann nie ein schlechtes Zeichen sein, vielleicht wollten sie dich sehen, ob es dir gut geht. Denk nicht zu viel darüber nach, lass sie in Frieden ruhen und denke aber ruhig mal an sie." Irene war die letzten Jahre ziemlich sensibel geworden, warum, wer kennt schon die Antwort. Irene hatte im Juli 1980 ihr Abitur gemacht, hatte es mit Bravur bestanden, jetzt standen ihr viele berufliche Möglichkeiten offen. Sie hatte sich bei der Sparkasse in Erlangen beworben und konnte gleich mit der Lehre als Bank- und Versicherungskauffrau beginnen, sie freute sich richtig auf ihre neue Aufgabe. Ich machte mir ernsthaft Gedanken um sie, Irene war eine schöne junge Frau, intelligent und hatte mit 19 noch keinen Freund, ich werde sie mal fragen, wenn sich eine Gelegenheit bietet. Caroline war schon länger mit einem jungen Mann zusammen, er hieß Siegbert Merz und er kam auch zu uns ins Haus, er war von allen gern gesehen. Er war aus einer angesehenen Familie, hatte gute Manieren und stand kurz vor Beendigung seines Studiums, er wollte Anwalt werden. Die beiden hätten mit Sicherheit eine gute Zukunft vor sich.

Wenn ich so zurück denke, ich kannte viele junge Männer, aber keiner war bei mir geblieben, heute bin ich immer noch allein, wie viele andere Frauen, Irene sollte es nicht so gehen, so jung und schön wie sie war. Ich werde bald 40 Jahre alt, Lisa und Else sind zwei Jahre älter, sie sind auch ohne Mann geblieben. Infolge des Krieges waren zu wenig heiratswillige Männer da, da mussten Frauen ihr Glück halt wo anders suchen. Heute will ich keinen mehr, wir alleinstehenden Frauen werden hoffentlich noch einen schönen Lebensherbst genießen können. Zur Zeit stehen wir alle noch fest im Berufsleben, das müssen wir ja, denn ohne Mann müssen wir für uns selber sorgen. Viele Frauen stehen im Wirtschaftsleben immer noch hinter den Männern, trotz gleicher Leistung werden sie um ein wesentliches schlechter bezahlt. Die entsprechende Rentenleistung fällt deshalb auch niedriger aus, gut wenn man noch etwas ersparen kann, sonst wird es später mal eng. Ich habe mit meiner Arbeit zur Zeit alle Hände voll zu tun, hoffentlich bleibt es so, in meiner Sparte ist die Konkurrenz nicht besonders groß, zudem bei mir die Auslandserfahrung dazu kommt. Irene kommt mit ihrer Lehre ganz gut zurecht, es macht ihr Spaß und sie ist auch bei den anderen Mitarbeitern beliebt. Ihre Lehre dauert drei Jahre, wenn sie will, kann sie in dem Fach weiter Studieren. Eines Tages brachte sie einen jungen Mann mit nach Hause, sie stellte mich vor und dann ihn, er hieß Robert Möhle, natürlich begrüßte ich ihn freundlich, bot ihm einen Platz und einen Drink an. Wir unterhielten uns über ihn und seine Eltern, er erzählte, sein Vater hatte ein Bekleidungsgeschäft in der Innenstadt, er selbst war auch bei der Bank bereits im dritten Lehrjahr, er sah gut aus und hatte ein gutes Benehmen. Irene meinte, sie kennen sich erst circa sechs Wochen, sie war schon mit bei seinen Eltern, es waren nette Leute, was soll ich da sagen, ich kann ihnen nur alles Gute wünschen. Irene ist erwachsen, sie weiß was sie will, das ist wichtig. Eines Tages fragte sie mich: „Mama, das Haus von meiner Oma hast du doch vermietet, wie läuft das?" Ich bekam einen Schrecken: „Willst du selbst da einziehen, willst du weg von mir?" Sie lehnte sich an mich und sagte: „Mama, ich will dich doch nicht verlassen, ich habe nur mal nachgedacht, wie mein Leben jetzt weiter geht. Wenn ich je mal den Robert heiraten würde, dann würden wir sowieso bei ihm wohnen. Ich wollte nur mal wissen, wie das mit den Ärzten ist, für wie lange ist das Haus vermietet?" Ich sagte zu ihr, warte einen Augenblick, ich holte einen Ordner um ihr zu zeigen was Sache ist. Es stand da geschrieben, das Haus ist auf 10 Jahre vermietet, der

Vertrag verlängert sich automatisch um jeweils ein Jahr, wenn nicht ein Jahr vorher gekündigt wird. Ich las ihr noch vor, die Miete wird auf dein Konto eingezahlt, wie du weißt, werden davon eventuelle Reparaturen und Pflegearbeiten bezahlt. Ich als deine Mama habe zwar dafür eine Vollmacht, aber bis jetzt hat es mein bzw. unser Anwalt gemacht, wenn du deinen Kontostand wissen willst, mit deinem Erbe und der Miete hast du jetzt etwa 150 000 DM auf deinen Konten. Es ist zudem noch sicher und Zinsbringend angelegt, du siehst, für deine Zukunft ist gesorgt. Sie saß fassungslos neben mir und wusste nicht was sie sagen sollte, mit dem hatte sie nicht gerechnet. Sie sagte nach einer Weile: „Mama, ich weiß nicht was ich da sagen soll, hast du denn für mich und dich kein Geld benötigt?" Ich sagte: „Meine Liebe, von deinem Geld habe ich für mich nichts gebraucht, und für dich, das war doch nicht der Rede wert. Ich habe jeden Monat für dich einen Sockelbetrag erhalten, der hat gut gereicht und was über war, habe ich wieder zurück überwiesen." Sie schüttelte ihren Kopf und sagte: „Ich kann dir nur herzlich Danke sagen, für deine Liebe und Fürsorge, wer hat schon so eine Mama, wann denkst du mal an dich? Wenn ich zurückdenke, was du schon alles für mich getan hast, wie soll ich dir das jemals zurückvergüten?" Ich streichelte sie so wie sie es immer gern hatte und sagte: „Mir reicht es wenn du glücklich bist, wenn du bei mir bist, auch wenn du mal heiraten solltest, ich werde immer deine Mama bleiben." Sie lehnte sich an mich, was gibt es schöneres, als wenn sich Mama und Tochter gut verstehen. Das Leben geht weiter, wir leben alle in gutem Einvernehmen weiter, Irene wird demnächst ihren Robert heiraten, sie wird ausziehen und wir drei Frauen werden weiterhin unser Leben in eigener Regie fortführen. Ich hoffe, dass Irene glücklich ist mit ihrem Robert, es gab eine großartige Hochzeitsfeier, sie zog zu ihm in sein Elternhaus, wir bleiben weiterhin eng verbunden. Auch Caroline hatte ihren Siegbert geheiratet und war ebenfalls zu seinen Eltern gezogen. Jetzt war für uns eine Zeit angebrochen, in der wir uns auf unser Alter vorbereiten mussten, die Zeit schreitet schnell dahin, so wollten wir die letzten Jahre, welche uns noch blieben, so angenehm gestalten wie möglich. Wir haben die jungen Jahre genossen, jetzt lassen wir es so langsam ausklingen. Ich für meinen Teil sage mal Tschüss, das Leben war und ist noch schön, genießen wir es.